Fábrica de Almas

David A. Cohen

Fábrica de Almas

(em busca de Deodato Amâncio)

M.BOOKS DO BRASIL EDITORA LTDA.

Av. Brigadeiro Faria Lima, 1993 - 5º andar - Cj. 51
01452-001 - São Paulo - SP - Telefones: (11) 3168 8242 / 3168 9420
Fax: (11) 3079 3147 - E-mail: vendas@mbooks.com.br

Dados de Catalogação na Publicação

Cohen, David Alexandre
Fábrica de Almas (em busca de Deodato Amâncio)/
David Alexandre Cohen
2005 – São Paulo – M. Books do Brasil Editora Ltda.
1. Romance
ISBN: 85-89384-70-5

© 2005 M. Books do Brasil Ltda.
Todos os direitos reservados.

EDITOR
MILTON MIRA DE ASSUMPÇÃO FILHO

Produção Editorial
Salete Del Guerra

Revisão de Texto
Silvio Ferreira Leite

Capa
Douglas Lucas

Composição Editorial
ERJ Composição Editorial e Artes Gráficas Ltda.

2005
Proibida a reprodução total ou parcial.
Os infratores serão punidos na forma da lei.
Direitos exclusivos cedidos à
M. Books do Brasil Editora Ltda.

Para Flávia Yuri
e
Gustavo Akira

Agradeço a

Luís Colombini, *pelo entusiasmo que não me deixou parar de escrever,* **Cris Corretxa**, *pelo incentivo a não deixar na gaveta,* **Marcelo Onaga** *e a turma do fim de ano (***Junior, Paula, Sueli***), pela torcida no final,* **Helio Gurovitz, Ângela Pimenta** *e todos os que opinaram,* **Milton Mira**, *que apostou, e sua turma da M. Books, que cuidou da publicação, e* **Paulo Nogueira**, *pela apresentação.*

Capítulo 1

Em que Deodato é preso

Quando foi preso, Deodato Amâncio estava sobre uma mulata que se apoiava nos joelhos e nas palmas das mãos, nua, em sua casa de madeira velha e palha e barro, e sua expressão era inigualável.

Já se viram homens surpresos por serem pegos depois de tantos anos que já não esperavam sequer que seus captores estivessem vivos ou seu crime ainda fosse considerado crime. Já se viram também homens pasmados porque se lhes tirava o doce da boca na hora da mordida, ou, para ser mais exato, que nessas horas de nada valem as metáforas, porque se lhes interrompia o coito no justo instante do tão esperado gozo, da união das almas, que almas, se não as há, se as criam nessas horas em que um homem tudo promete e tudo jura, não mais porque pre-

cise convencer sua mulher a ser sua mulher, mas de puro frêmito e porque nenhuma riqueza do mundo importa mais do que chegar ao fim daquilo que melhor seria se não tivesse fim, vá lá entender de desejos quem nunca os tiver sentido. Mas nunca se viram, ou então eu é que nunca soube, homens assim em que esses dois sentimentos, essas duas surpresas, se conjugassem daquele jeito como Deodato e sua mulata foram impedidos de se conjugar, e por isso é que eu digo que sua expressão era inigualável quando o carregaram para fora da moça, para fora da cama, para fora da casa, e provavelmente para fora do mundo.

Capítulo 2

Em que não se fala o nome da mulata

Também surpresa ficou a beldade que estava apoiada nos joelhos e nas palmas das mãos, e que tinha ainda um outro ponto de apoio, mas este não conta porque ia e vinha num eixo paralelo ao solo, dando-lhe portanto nenhum sustento em relação à gravidade das coisas, e causando-lhe mesmo um certo enfraquecimento nos demais pontos de apoio, que começavam a tremer com intensidade que ela jamais sentira e jamais sentiria de novo.

Era a mulata, da qual ainda não sabemos o nome, apenas sabemos que chora e ri ao mesmo tempo, e que pede pára, não, não pára, e jura e xinga e mexe e diz te amo no exato momento em que seu domador se afasta um centímetro a mais do que vinha se afastando no ritmo que seu corpo pedia, para depois voltar, no ritmo que imprimia a seu corpo, e bastou esse centímetro a mais de distância para que a separação fosse infinita.

E daí se conclui que o choro estava ligado ao movimento retrocedente e o riso ao movimento avançante, porque, uma vez cessado este e tendo aquele se expandido ao máximo, também o riso cessou e expandiu-se o choro a um volume agora audível lá de fora, onde o resto das tropas guardava vigília, até mais lá fora, onde as janelas das casas vizinhas se apinhavam de gente, até mais lá fora, onde essa história não alcança e todo choro se confunde.

Tudo isso sabemos da moça: sua beleza, sua entrega, sua voz, seu ritmo, sua doce intimidade, seu prazer imenso que provinha de algo insuspeito, pois que tantos soldados repetiram aqueles mesmos gestos que se julgava serem a fonte de sua alegria, com resultado tão oposto.

Só não sabemos seu nome. Como tampouco sabiam os soldados, que no entanto pareciam querer provar que se pode conhecer alguém e tomar-lhe a essência sem nunca imaginar-lhe um nome.

Capítulo 3

Em que se fala o nome da mulata

Efigênia.

Capítulo 4

Em que se tecem considerações sobre nomes e sobrenomes

Por que Efigênia, quando o mais certo poderia ser Helena ou Gabriela ou Isadora? Deixe-me ser absolutamente sincero: se não fosse pela necessidade de chamá-la por algum nome, eu preferiria não conhecer-lhe o nome, a não ser quando já a conhecesse inteira, isto é, na hora de sua morte, porque não se conhece ninguém a não ser depois que se analisa a coleção de todos os seus atos e não-atos, pensamentos e gestos, e aí sim se pode alguém arvorar a dar nome a outro alguém, ainda que um nome incompleto, porque só a pessoa que deu o nome é que poderia chamar a pessoa que recebeu o nome pelo nome, toda percepção sendo limitada ao percebente e ao percebido.

Mas, se essa discussão não interessou ao batalhão de soldados que conheceu, no sentido bíblico, ou não conheceu, no sentido humano, Efigênia, também nós podemos deixar de lado tantos pruridos e tentar sabê-la ao menos um pouco, com menos brutalidade, por certo, que aqui não estamos gastando horas de lazer para exercitar maldade, e pelo estado em que se encontra neste momento Efigênia não me parece que agüente nenhum outro tipo de conhecimento que não a delicadeza, o sincero interesse e o desavisado amor.

Capítulo 5

Que se segue ao capítulo 4, como deve acontecer em qualquer livro sobre qualquer assunto

O certo é que seu avô, que foi quem lhe deu o nome dois anos e meio depois que ela nasceu, no dia em que a foi registrar na cidade vizinha, durante a visita do juiz de paz excelentíssimo senhor doutor Frederico Manuel dos Santos Louzada, deu-lhe este, em vez do nome que o pai seu filho, pai dela, filho dele, recomendou, pediu, exigiu, nome aquele que ficou esquecido e que não posso agora dizer qual fosse uma vez que nunca mais fez filhos este senhor, pai dela e filho dele, e portanto lá se foi um nome esperdiçado, assim como dirão os crentes que vão tantas almas esperdiçadas a cada vez que se faz amor sem as devidas conseqüências, quais sejam, uma barriga, dores, mamadas, fraldas e, no futuro, mais dois braços para a lavoura.

Talvez tenha sido este, portanto, o começo do drama da moça que não se deveria ter chamado Efigênia, como não deveria ter amado Deodato Amâncio nem ter estado no lugar em que não devia estar quando os soldados o vieram buscar, e seria então esta história a história do que ela não deveria ter sido, enquanto sua verdadeira vida, seu verdadeiro destino, jazia com o nome que nunca foi seu na cabeça de um pai que nunca lhe disse que ela deveria ser outra, tendo ela, por culpa da fraca memória de um velho, colhido o destino errado.

Mas não, esta é sim a sua única história e seu destino certo, pois que destino é uma criança mimada, que só enxerga para trás e nunca admite que as coisas pudessem ser de outro jeito. Efigênia, portanto, é Efigênia. Não era Efigênia até os dois anos e meio de idade, até ali era alguém que já não se lembra, e agora que lhe levaram Deodato Amâncio e lhe deixaram em troca tantas marcas que não quis ter quer ser de novo aquela que não era Efigênia, quer esquecer mas não consegue, e dessa vez já não tem avô para mudar-lhe a história. Efigênia mantém-se Efigênia, a mesma Efigênia, agora completamente mudada.

E, se um nome já deu tanto trabalho, vamos poupar-nos do sobrenome, que é um nome na primeira pessoa do plural. Efigênia nos basta.

Capítulo 5,1

Em que se avança só um pouquinho na história, contrariando o título do capítulo precedente

Efigênia deitada, Efigênia sangrando, Efigênia babando, Efigênia chorando, Efigênia jurando vingança, Efigênia rezando, Efigênia calada, Efigênia socorrida por Manoelzinho e Odara, Efigênia mole, Efigênia delirando, Efigênia desmaiada, Efigênia morta por dentro.

Capítulo 5,1b

Em que se fica no mesmo capítulo para explicar a parte que trata do delírio de Efigênia

Será isso, o gozo?, duvida Efigênia, será isso o tão prometido estar-com-os-deuses? será isso o que aconteceu com Deozinho, foi ele de repente seqüestrado por anjos para estar com deus nosso pai porque atingiu esse estado de natureza que já não nos permite estar na Terra?

E fecha os olhos Efigênia e entreabre os olhos Efigênia e vê os anjos, vários anjos, meu deus, não sabia que os anjos usavam uniforme azul, o quarto está agora entupido de anjos e ela vê as armas dos anjos e ouve o barulho dos anjos e vê os anjos levando Deozinho que não quer ir com os anjos, Deozinho que prefere ficar com ela nessa terra miserável a desfrutar das delícias do céu, os anjos já começando o processo de desencarnar Deozinho para levá-lo puro e limpo à presença de nosso senhor, e Efigênia solta o choro e não consegue controlar o desespero, é insuportável o espetáculo mesmo sabendo que é para o bem e suprema felicidade de Deozinho, depois pensa sou eu que estou atrapalhando o destino de Deozinho, Deozinho surpreso porque não acreditava em anjos e mangava dela quando caminhava um dia inteiro para ir à igreja, Deozinho tentando brigar com os anjos porque quer ficar comigo, não, vá, Deozinho, não quero eu te prender te impedir de ser feliz, amor é feito de sacrifícios, já, já vêm os anjos me levar também, Deozinho, e a gente se encontra no céu...

Mas não, os anjos não a levam, os anjos apenas xingam Efigênia, batem em Efigênia, seguram Efigênia, provam Efigênia, martirizam Efigênia, certamente é um teste, pára, pelo amor de Deus, pára, eu juro que não gozo nunca mais, juro juro juro, nunca mais, e ela falha no teste, os anjos não estão convencidos de que ela mereça ir para o céu ficar com Deozinho ao lado de nosso senhor, é a única explicação, se os anjos não me levaram, se os anjos me deixaram aqui nesse estado é porque deus nosso pai me rejeitou, é porque meu lugar é no inferno.

Aaaai, o inferno!

Capítulo 6

Em que se contam o socorro a Efigênia e o não-socorro a Deodato Amâncio

O que vamos fazer com ela?, pergunta Manoelzinho, enquanto Odara limpa os ferimentos, embrulha Efigênia num lençol, providencia aos gritos uma carroça para levar Efigênia à casa de saúde e levanta Efigênia com a ajuda de outras mulheres que apareceram da aldeia inteira, assim que os soldados foram embora levando um saco de estopa que se assemelhava em muito a Deodato Amâncio, não fosse a total falta de movimentos espontâneos e o fim do sorriso confiante e brincalhão do professor, e a única resposta que Manoelzinho consegue para sua pergunta é um vai atrelar o burro, Má, ficando mais uma vez provado que quem toma providências para consertar os estragos do mundo são sempre as mulheres, os homens servindo tão somente para fazer perguntas idiotas e trabalhos inúteis, como por exemplo bater uns nos outros, seviciar moças inocentes e levar embora os poucos homens de alma feminina, que são os que ajudam as mulheres a viver melhor e talvez por isso sejam também os que as mais ajudam a ficar prenhas ou pelo menos a ter uns bons momentos, afinal alguma serventia tinham de ter os homens, quanto mais serventia mais efeminados, até o ponto em que são quase perfeitos, mas aí já não querem saber da gente, que desperdício.

Manoelzinho obedece, mas só porque sente que era isso mesmo que ele tinha de fazer e aquilo não era hora para discutir, mesmo sabendo que ali quem dava as ordens era ele, sendo ele homem, claro está que aquilo não foi ordem, foi clarividência de mulher desesperada, nessas horas de emergência uma mulher sabe melhor o que fazer, sendo essa uma situação chã, e as mulheres tendo sido mais bem equipadas para situações chãs, que exijam mais instinto que inteligência, nós homens sendo aptos para grandes planos e venturosas realizações.

Era a segunda vez que Manoelzinho obedecia Odara naquele dia, a primeira tendo sido quando ele viu o batalhão de soldados em volta da casa de Deodato Amâncio e pegou sua arma e espreitou e agitou e chamou com um assobio seu vizinho Carlos José, José sobrenome, e combinou sair atirando para salvar o amigo, morresse ele na tentativa não importava, mexeu com amigo mexeu comigo, e num ímpeto abriu a porta e foi aí que ouviu a ordem, fica quieto aí, uma autoridade tão segura de si que as três palavras pareciam uma só, ficaquetaí, e sentiu uma mão segurando o seu braço com uma força tão forte que paralisou seu corpo inteiro, força essa que depois, ficou claro, vinha não da mão que o segurava, mas do medo que o impediu de sair e, afinal, para que servem as mulheres senão para mandar a gente fazer o que é certo, ou seja, aquilo que a gente quer fazer mas acha que não deve, até que a mulher vai e fala sim e a gente já pode fazer, não foi assim com Adão, o primeiro dos homens?

E, afinal, de que vale um amigo morto, especialmente se for morte matada, antes que o amigo por quem se morreu fique ao menos sabendo que alguém morreu por ele? Mais vale ficar vivo e manter o amigo vivo na lembrança e passar o resto dos dias tramando uma vingança, vingança é prato que se come frio, ou não se come nun-

ca, porque a gente não tem geladeira e o prato estragou, ficou com aquela aparência nojenta e tem tantas outras coisas pra comer, melhor jogar fora o prato e atacar a melancia, que está vermelha quase como sangue e quase não tem caroço.

Capítulo $\sqrt{(-1)}$, ou i

Em que se contam eventos imaginários totalmente dispensáveis, que não tocam nem influenciam o escorreito seguimento da narrativa

Joseph Stravinsky é um médico alemão que estudou nos Estados Unidos e trabalha em Paris, mas faz um estágio de três meses no Brasil, em seu ano sabático, para ajudar os Médicos Sem Fronteiras a levar prevenção e tratamento a populações carentes em aldeias esquecidas. O doutor Istravisque já estava indo embora, o dia hoje tendo sido cheio de crianças barrigudas de vermes e velhos sem dentes, mas também sem muito o que mastigar, deus não é bobo de esperdiçar nozes com quem não tem dentes, quando aparece a carroça que vem de longe e dentro aquela mulher estropiada, mas linda, sente-se que é linda por trás de todos esses ferimentos, e ela está quase morta, em semicoma, os olhos fundos os lábios rachados os seios marcados as ancas cortadas as partes baixas diláceradas as costas roxas e a alma, que almas se não as há se as criam nessas horas em que alguma coisa do corpo não se explica, a alma obviamente doente, talvez irremediavelmente doente.

O doutor Istravisque fica não uma noite, não duas, mas mil e uma, como em qualquer conto de fadas que se preze, e as mulheres da aldeia maravilhadas com essa dedicação, só ele cuida da mulata, óbvio está que ninguém daquela aldeia tem prática ou sapiência para cuidar de gente doente do jeito que deve ser tratada, e ainda por cima faz mal que outras mãos toquem nesse corpo, mal a ele, claro, não a ela, e fica aí a dúvida se o ciúme nasce antes do amor, ou pelo menos junto dele, que não poderíamos saber ainda se é amor o que se disfarça de zelo profissional, não soubéssemos nós que este capítulo imaginário deve terminar com uma convalescença bem-sucedida e um casamento festivo e uma viagem de lua-de-mel que dura a vida toda e quatro filhos, Joseph, Heinz, Gertrude e

Michael, Deodato Amâncio sendo então um nome muito estranho para ser pronunciado, e Efigênia curada de seus traumas, de seu passado, de sua pobreza, sendo a única concessão a essa história pregressa o fato de que ela mantém sua promessa de nunca mais gozar.

Capítulo 14

Em que se conta sucintamente, com grande perda de conteúdo, o que um autor mais detalhista teria contado em oito capítulos

Efigênia se cura.

Capítulo 15

Em que se relativiza o capítulo anterior

O que é curar-se? Se por curar-se entende-se ficar igual a antes, não há possibilidade de cura, a não ser que nos convençamos de que não existe o tempo, pois se o tempo passa assim também passamos nós, ou passa-nos algo, e a Efigênia passou muito, e igual portanto nunca ficará. Efigênia não se curou, nem vai se curar jamais, mas agora de novo anda e fala, e até um sorriso parece que alguém viu no seu rosto, no momento em que o enfermeiro José Travassos, não médico alemão, mas enfermeiro louro e alto, ofereceu-se para levá-la para casa, a casa dela, bem entendido, sendo o enfermeiro um daqueles homens que Odara chamaria de quase perfeitos, o que não a impede, nem a várias outras mulheres, de imaginar o quanto seria bom dei-

tar-se ao seu lado, se ele algum dia mudasse de idéia, e talvez fosse esse o motivo do sorriso que disseram ter visto no rosto de Efigênia, ou então não, podia ser o resto dalgum sonho que ela teve.

O fato, e aí finalmente temos um fato neste remendo de capítulo, o fato é que Efigênia voltou para casa, não a sua, que ela não tinha, não a do pai, de onde fora saída, mas a de Deodato Amâncio, onde já não podia ficar porque passava mal só de pensar que, se uma pessoa volta, um batalhão também pode voltar.

Capítulo 16

Em que se caminha com Adalberto Gomes

Era uma caminhada e tanto, principalmente assim nessa hora da manhã, em que as pernas estão ainda encolhidas com saudade da cama, mesmo aquela cama que é só um colchão fino, esfarrapado, na terra batida. Mas Adalberto Gomes não é homem que se deixe derrotar pela preguiça, o pai bem disse que se quisesse ir ter com Deodato Amâncio que fosse, mas que isso não lhe atrapalhasse o serviço, que esse negócio de aulas pode ser muito instrutivo, mas não vai encher a barriga de ninguém, e a essas aulas Adalberto assistia, portanto, apenas porque não conseguia resistir ao encanto de um mundo tão novo que o professor Deodato lhe apresentava a cada dia.

Também não é hora de se queixar de uma caminhadinha à toa, Adalberto no auge de sua macheza, 15 anos é o cume da vida, em que a pessoa já agüenta o serrote sozinha e mais levar a carroça de madeira abatida e mais tratar da venda e ainda por cima se você dá essa sorte de uma moça bonita como Maria Fonseca morar tão perto da sua casa, e mais ainda, achar você tão bonito, foi ela que disse, bonito, bonito, que não cansa de olhar pra mim, e às vezes me vê até na água da bacia quando calha de lavar uma camisetinha ou uma saia branca, e me vê no céu no fim da tarde, antes de eu chegar na casa dela, e por isso ela tem a impressão de que eu desci do céu pra dar um beijo de boa noite, eu disse que é verdade, que eu desço do céu ou subo do inferno ou atravesso o mundo só pra buscar esse beijo, e mais esse, chegue mais um pouco, pegue aqui, vamos casar sim, agora, agora, mas a mãe dela chama logo.

Capítulo 17

Em que Adalberto Gomes percebe que seu ano letivo terminou em pleno agosto

Já muita vez se disse que um adolescente sem escola é mais propenso a pegar em armas, mas não creio que nunca alguém tenha dito isso pensando nessa relação tão direta assim como a que viveu Adalberto Gomes, que chegou à casa de Deodato Amâncio às seis horas da manhã, nem cinco minutos a mais, estranhando um pouco a movimentação exagerada da cidade em hora tão pequena, tanta gente na rua como se ninguém nem dormido tivesse e, como se fosse para compensar, tão pouca movimentação justo onde a devia haver, na casa de Deodato, ora pitombas, o que terá acontecido?, se o professor não é de se atrasar, pelo contrário, bate-bate a varetinha na mesa toda vez que Adalberto chega com a aula já começada e diz boa tarde, senhor Adalberto, o caminho estava mais longo hoje?, será que o professor está doente?

E quando fica sabendo Adalberto que realmente pouca gente dormiu naquela aldeia naquela noite, que Deodato Amâncio foi levado por um bando de homens com uniforme de soldado, mas nenhum soldado conhecido, que terá feito o professor para que gente de tão longe lhe viesse atrás?, e a pobre Efigênia, levada na carroça para a casa de saúde, que é na verdade a casa dos doentes, quando tudo isso fica sabendo Adalberto e mais alguns detalhes pavorosos, muitos verdadeiros e outros nem tanto, vive ele então aquela relação inversa entre pegar cadernos e pegar em armas, e decide que aquilo de estudar é muito bonito, mas outras obras necessárias são requeridas neste mundo de meu deus antes que uma pessoa possa se dar a esse luxo, sendo uma dessas obras a de defender a justiça e pagar a amizade com a lealdade.

Capítulo 18

Em que Adalberto conclui que, assim como há bons e maus alunos, há bons e maus amigos

O que é um líder senão aquele que vê o que tem de ser feito, comunica aos companheiros sua visão, distribui tarefas e responsabilidades, inspira a missão, mostra o caminho, guia e anima e prepara para as esperadas batalhas, as inevitáveis derrotas e a última redenção da justa vitória ou da aliviadora morte? Foi mais ou menos isso o que não pensou, que não pensava ele assim com tanta clareza, mas sentiu Adalberto, com um sentimento de urgência e aflição que lhe fechava a garganta e fazia sua voz sair um pouco mais esganiçada que a normal, sendo a normal nessa época uma voz de transição entre a voz da criança que já não era e a do homem que queria e cria ser, homem este de cuja voz poten-

te e amedrontadora muito ainda se ouvirá falar, se vivo Adalberto chegar até o fim da história.

Mas o que faz um líder quando seus liderados querem apenas cuidar da vida, não enxergam a visão, não trilham o caminho, não se animam nem se deixam preparar, fingem que não têm nada a ver com isso?

Nem Maria Rosa, que é a melhor aluna da classe, apóia Adalberto, prefere ela esperar que a prefeitura de Trajano lembre algum dia de mandar um professor substituto, embora todo o mundo saiba que Deodato não veio mandado, veio aparecido, e de não ter o que fazer é que decidiu começar a dar aulas. Nem Cosme, o mais briguento, o mais valente, quer brigar com quem não tem o seu tamanho, sendo o seu tamanho para ele qualquer tamanho menor que o seu tamanho. Nem José José, José nome, José sobrenome, quer largar a roça de seu pai, embora tenha já dezessete anos e devesse, é claro, cuidar da própria roça, ainda que morasse com o pai, a mãe e os sete irmãos. Ninguém quer largar sua vidinha, por mais miserável que seja, e quanto mais miserável mais apego parece que se tem a ela, ninguém quer arriscar sua miséria para fazer o que deve ser feito por alguém que só trouxe o bem, que organizou o mutirão do esgoto, que criou a poupança comunitária, que levou a delegação que foi pedir luz elétrica ao prefeito de Trajano, que, segundo o professor, é também nosso prefeito.

Pois o que faz nessas horas um líder? A única opção que lhe resta, lidera a si mesmo.

Capítulo 19

Em que some de casa Maria Fonseca sem deixar bilhete, por causa da pressa, porque não se saberia explicar e, finalmente, porque não sabe escrever

Estranhou Joaninha que Dabeto aparecesse assim tão cedo, ainda era claro, e ele sempre chegava depois que o dia tinha ido embora, e chegou aflito Dabeto, que era sempre tão risonho, nem brincou com ela nem a ergueu nos braços nem fez pluffft-pluffft no seu umbigo, nem levou Mamá pro portão de trás como sempre fazia pra brincar de pluffft-pluffft na sua boca, só disse alguma coisa muito grande pra Mamá, que demorou um tempão, Mamá só ouvindo sem falar nada, nem papai consegue falar tanto sem Mamá interromper, e depois perguntou e então?

e Mamá ficou parada um tempão calada olhando pro chão, e depois disse eu vou.

E daí se conclui que é do chão, e não do céu, que vem a maioria das respostas a dúvidas que definem nossa vida, sendo pouca gente conhecida por arquear o pescoço em forma convexa quando tem um problema que julga sério, claro está que se todos os problemas que se julgam sérios sérios fossem a vida seria uma série de seriedades, sendo a vida muito mais provavelmente um engodo coletivo, mas aqui o que importa é frisar a vitória do côncavo sobre o convexo, do chão sobre o céu, pelo menos quando se trata de questões que se supõem cruciais, no que vai mais um revelador indício de que, se há deus e se deus fica no céu, serve ele muito mais para horas alegres ou contemplativas do que para ajudar a resolver problemas, para isto inventaram a leitura de cartas, o jogo de búzios e a análise de entranhas de animais, sendo todas essas atividades atividades em que a pessoa se curva e olha para baixo, não sendo de estranhar, portanto, que no mais das vezes tomemos decisões tristes.

Quando ouviu a decisão da namorada, Dabeto levantou Joaninha, mas dessa vez não fez pluffft-pluffft, olhou para ela, beijou-lhe a bochecha e disse tchau, lindinha, vamos embora Maria Fonseca.

Capítulo 5,1c

Em que se retorna a um capítulo precedente para rememorar e especificar uma jura de vingança

Não sou mulher de esperar, Odara, não sou mulher de deixar que lhe arranquem o homem assim, naquela hora, aquela que era para ser minha primeira hora e mais parece que foi a última, agora aqui não posso mais ficar, ainda mais depois de tudo que me fizeram, não tenho nada a perder. Vou buscar o que era meu de volta, ou vou tirar satisfação de cada um que ajudou a destruir meu mundo, que aquela vida e mais Deozinho era o meu mundo, era pouco, mas era meu, e tiraram tudo de mim, aqueles homens até me tiraram de dentro de mim, agora mesmo o que sobrou não é mais meu, essa casa em que eu não consigo dormir, esses braços não são meus, meus cabelos não são meus, nem minhas pernas, minha fé não tenho mais, nem pensamento nenhum agora é meu, meu pensamento é só Deozinho, que me deu uma amostra do céu, e os homens que me levaram Deozinho, que me deram uma amostra do inferno, que é para onde eu vou, se tiver que ir até lá para buscar meu homem.

Capítulo 20

Em que Efigênia começa sua jornada

Ninguém de Trajano sabia de ordem de prisão nenhuma, se ordem de prisão houvesse o procedimento normal teria sido pedir ao pessoal dali, o subdelegado Rocha e seus dois policiais, que investigasse a informação de que o elemento Deodato Amâncio estaria incógnito vivendo numa das aldeotas próximas da cidade, não tendo vindo ordem nenhuma, foi o que disse o subdelegado Rocha a Efigênia, acrescentando que ele sentia muito o que ela tinha passado, e primeiro nem acreditava que aquele pessoal fosse da polícia, a polícia serve para proteger, não para atacar, aliás, aquele pessoal não era mesmo daqui, disso estou seguro, pois que ninguém reconheceu uma só daquelas caras, certo é que ninguém teve muito tempo de as ver, com o es-

curo que começava no momento em que entraram no referido local, mas o fato é que antes de providenciar a busca de Deodato Amâncio dei alguns telefonemas e infelizmente confirmei que aquela gente era sim da polícia, da polícia militar, numa missão que não tinha papéis e que era pri-o-ri-tária, assim mesmo me disse a voz do outro lado da linha, pri-o-ri-tária, e foi por ordens superiores que naquele mesmo dia, há uma semana, o subdelegado Rocha arquivou o processo do seqüestro de Deodato Amâncio, processo que, como várias coisas urgentes e importantes, por tão rápida solução que exigem, acabou antes mesmo de começar.

Uma só informação conseguiu Efigênia sobre o caso que não houve, foi que provinham da Cidade Grande os soldados que ali nunca estiveram. Foi o que lhe disse, na porta da delegacia, o soldado Moura, com pouco mais de detalhes, que tão pouca coisa ali acontecia que não era costume seu calar sobre o que podia falar, e muito mais ainda teria falado se não tivesse percebido Efigênia que nada mais de seu interesse ele podia revelar e não tivesse então cortado seu discurso no meio. E foi embora Efigênia justo quando ia dizer o soldado Moura que aquelas mesmas informações havia ele for-

necido a um casalzinho de garotos que apareceu ali na semana passada e nem recebido foi pelo subdelegado Rocha, no que vai talvez uma lição sobre quantas coisas deixamos de saber, apenas pelo fato de acharmos que não há nada para saber. Foi assim que Efigênia não ficou sabendo que em sua procura podia estar solitária, mas não sozinha.

Capítulo 21

Em que Efigênia encontra alguém que conhece alguém que conhece alguém, sendo algum alguém de algum interesse

E anda e anda e anda Efigênia, não sendo aconselhável escrever aqui o verbo andar a cada centena ou milhar de passos que dá a moça, aí ficaríamos cansados todos, talvez mais que ela, que tem uma idéia fixa na cabeça, e quem tem idéia fixa outras idéias tem menos, cansaço sendo talvez uma delas.

O fato é que anda muito Efigênia, por acostumada que está e porque não muita condução alternativa encontra, sendo o caminho que se dispôs a seguir um caminho para poucos, claro fique que falamos aqui nos dois sentidos, o figurado e o literal, e sendo caminho para pou-

cos, ou para muitos com quase nada, o que é quase o mesmo, é economicamente inviável pôr nele um avião, um helicóptero, um trem, nem mesmo ônibus não há, burros passam poucos e os poucos que passam passam sem lugar extra, talvez não haja melhor definição para um burro do que aquele animal que tem pouco lugar extra para transportar coisas que ache pelo caminho, de tão carregado com aquilo que o carregou no começo de sua jornada, claro está que agora falamos apenas no sentido figurado, que um burro mesmo carrega aquilo que lhe ponham em cima, seja no começo, no meio ou no fim da jornada, ou então empaca.

E no caminho pára Efigênia num posto policial, e conversa Efigênia e pergunta e assunta e questiona sobre um grupo de policiais que pudesse ter ou não ter passado por ali na vinda ou na volta de outro lugar, esse outro lugar sendo o seu lugar, ou melhor, não mais o seu lugar, inventa Efigênia, porque um dos soldados desse suposto grupo a conheceu, flertou com ela, fê-la enamorar-se, que ela pouca experiência tinha com homens, especialmente homens de uniforme, um uniforme tão bonito, e esse soldado disse que estava em missão e que voltaria daqui a um mês, quando folga tivesse, e então a levaria *embora, mas ela de tão apaixonada não podia esperar e ia ter com ele, fazer-lhe uma surpresa e dizer-lhe que o pai, ao saber do romance, a expulsara de casa, que nem todo o mundo fica tão contente com a contenteza dos outros.*

E aqui convém notar que a mentira de Efigênia não era mais que a pura verdade, bastando para isso que substituíssemos alguns termos por outros, flertar e fazê-la enamorar-se por espancar e estuprar, um soldado do grupo por um grupo de soldados, deixá-la apaixonada por enchê-la de ódio. Que uma mentira é sempre assim, uma verdade atrapalhada, que no mundo não há outra coisa senão verdades, verdades confusas, ou que nos confundem, sendo inútil a discussão sobre se uma história é verdadeira ou falsa, essa por exemplo, que é falsa para Efigênia, e para quem for excessivamente rigoroso na busca de similitude entre o discurso falado e o discurso vivido, verdadeira foi para um soldado, que depois dela passou a acreditar ainda mais no amor das mulheres.

Mas não foi esse crédulo soldado quem ajudou Efigênia, e sim outro, que em nenhuma palavra dela acreditou, mas que nenhum motivo tinha para proteger um grupo de soldados que por seu posto passou e olhou para os locais de cima para baixo, como arrogantes que são aqueles soldados só porque vêm da Cidade, carregam armas mais modernas e têm uns músculos a mais. E foi esse soldado quem disse o nome de alguém num posto da Cidade, que poderia conhecer alguém que sabe algo sobre missões pri-o-ri-tárias, especialmente as missões pri-o-ri-tárias que são cumpridas fora dos regulamentos, como são as verdadeiras missões pri-o-ri-tárias, regulamentos tendo muita vez este efeito de tornar missões prioritárias em missões protelatórias.

E desse episódio se conclui que mentiras podem gerar sentimentos nobres, que vão depois nutrir relações verdadeiras, enquanto que o ressentimento é uma verdadeira fonte de informações utilíssimas, em si mesmas capazes de produzir o bem, no caso, o bem de dar esperança a Efigênia, uma esperança que a fez pregar o olho de noite pela primeira vez desde que começou seu caminho. Sendo essa conclusão a de que da mentira vem a verdade, ou uma verdade, e da verdade outra verdade ou uma mentira, e do mal o bem ou o mal, e do bem o mal, ou o bem, sendo o bem de alguém possivelmente o mal de outrem. Ou vice-versa.

Capítulo 22

Em que se conta como ganha a vida Efigênia

Quisera eu não precisar contar certas coisas que todos poderiam presumir, que Efigênia tinha algumas economias, que as economias acabaram, que Efigênia tinha um objetivo, mas para atingi-lo era preciso estar viva, e para estar viva era preciso desviar-se um pouco de seu objetivo, e esse desvio, que é onde a maior parte das pessoas passa a vida, no caso de Efigênia quisera eu poder dizer que era curto e esporádico, mas não posso. Assim que terei de contar, a contragosto, bem entendido, uma segunda história sobre Efigênia, que entremeia e atrapalha a história de sua busca e sua vingança, terei de contar que sua viagem dura mais do que o esperado, não porque seus pés não agüentassem mais se pôr um na frente do outro, apenas para o um ser ultrapassado novamente pelo que tinha ficado para trás, mas principalmente porque seu estômago tinha também um ritmo exigente, e de algum lugar para dormir ela precisava, mesmo dormir não conseguindo.

Assim que terei de contar que Efigênia, tendo conhecido há alguns anos uma prima, agora batera à sua porta, prima essa que era casada e cujo marido lhe arranjou emprego na lanchonete em que trabalhava. Mais que isso não contarei.

Capítulo 23

Em que outros contam outras coisas, enquanto Efigênia conta manchas no teto

Nada a mais do que contei contarei, mas não há como impedir outras pessoas de contar, você sabe como são as pessoas, de tudo falam, especialmente do que não conhecem, porque o que conhecem acham que não devem contar, para não perder o privilégio da informação, assim que no mundo a grande maioria das conversas é sobre aquilo que não se sabe. Pois que saibam ou não saibam, o fato é que muita gente conta que havia naquela lanchonete uma mulata que era a funcionária mais calada, que ela vivia num quarto pequeno de pensão a dois quarteirões do trabalho e, mais ainda contam, que o seu Araújo ficava louco por aquela mulata que quase nada falava, que pena, dizia ele, porque aqueles den-

tes brancos pareceriam os portões do paraíso se ela risse, ou o paraíso inteiro se o riso fosse para mim.

Entre o que eu disse e o que outros disseram, e entre o que Efigênia pensou, que ninguém sabe, certo é que vai passando o tempo, embora não para Efigênia, que a vida dela para ela acabou no instante em que Deodato Amâncio lhe foi arrancado de cima, assim que não podemos precisar quantos dias, ou meses, foi assalariada Efigênia. Mas o tempo passou, disso podemos ter certeza, pois que Araújo agora já conseguiu uma certa intimidade com a mulata que lhe rouba horas de sono, para quê não se sabe, o que faz alguém com as horas de sono que rouba de outra pessoa?, talvez precise dessas horas de sono Efigênia que tão pouco dorme. Mas o tempo passou, pois que Araújo já sabe seu nome, que gosta de doces, de que doces gosta, que veio de lá daqueles lados de lá, que estudou um pouco e sabe um tanto porque gostava muito do estudo e de quem lhe ensinava, que embora tão calada é a que mais bem serve os clientes, que a todos os clientes pergunta algo sobre polícia, que interesse tem essa moça por assuntos sangrentos, caçadas, tiroteios e gente procurada foragida por muito tempo?

E se fôssemos aquela mosca que entrou pela janela da pensão a dois quarteirões da lanchonete e ficou presa no segundo quarto à esquerda da escada, no segundo andar, então veríamos Efigênia chorando ou olhando para o teto branco amarelado com manchas pretas de infiltração, e poderíamos supor, se é que as moscas supõem algo, que era assim que Efigênia passava as noites em que não trabalhava, apesar dos insistentes pedidos de Araújo para que saísse com ele, ou, se não quisesse mesmo sair com ele, que saísse com outro, vá, Efigênia, não esperdice a vida assim, uma moça tão bonita, tão inteligente, que foi que lhe aconteceu?, pode contar, eu estou aqui, pode confiar, na vida tudo passa, eu posso ajudar a fazer isso passar.

Mas quem passou foi Araújo, ou melhor, Araújo ficou, passou Efigênia, depois de uns tempos, depois de juntar um dinheiro, depois de chorar seu choro seco por tantas noites que decorou o teto branco amarelado com manchas pretas de infiltração, se você olhar muito fixamente para as manchas pretas de infiltração daquele quarto, dependendo da luz de fora, ou do balanço do fio da lâmpada de dentro, dá para vê-las se mexendo, umas manchas atacando as outras, englobando as outras, umas manchas desaparecendo dentro das outras manchas, uma mancha tentando escapar e não conseguindo, e depois uma outra mancha, menor, tentando alcançar as outras manchas, às vezes conseguindo apagá-las todas, às vezes sendo englobada por elas, outras vezes capturando de volta a mancha que não pôde escapar, tudo isso dependendo da luz de fora ou dos tremores da luz de dentro.

Pois foi num desses dias nublados, em que se via claramente a mancha pequena capturando de volta a mancha que não pôde escapar das outras manchas, que Efigênia juntou sua trouxa e saiu da pensão, caminhando na direção da lanchonete, mas no sentido contrário.

Capítulo 24

Em que se encontra um corpo no mangue

Jéferson Damasceno está caído deitado de bruços, não se pode precisar há quanto tempo está assim, mas se vivo estivesse estaria certamente sentindo um grande incômodo, pois seu braço direito está virado para trás das costas de um jeito que permite duas conclusões, uma que ele fosse um exímio contorcionista, outra que alguém o tivesse auxiliado a ultrapassar limites, provavelmente quebrando seu braço, que é às vezes com certa dor que os limites são ultrapassados. Para que vivo estivesse, Jéferson Damasceno teria de ter aprendido a respirar terra, em vez de ar, pois sua boca está assim cheia de terra, quem sabe se porque na hora da morte lembrou-se da fome aguda que sentia quando era uma criança esquálida, muito antes de en-

trar para a polícia, quem sabe se porque o fizeram engolir um pouco da terra que odiava. Ou, como opção a ter aprendido a respirar terra, poderia ter aprendido a respirar não pela boca nem pelo nariz, que estavam tapados, mas pelo buraco de bala que está ali debaixo da orelha esquerda, ou pelo outro que está no olho direito, ou diretamente pelos quatro buracos do pulmão, isso falando apenas nos buracos de um lado do corpo, que alguns deles têm seus equivalentes do outro lado, especialmente esses dois buracos na parte de trás da cabeça, a nojeira que ficou no chão comprovando que Jéferson Damasceno podia ser bruto, mas não tinha a cabeça oca.

Pelo tamanho da vítima, conclui o laudo do legista, é de se supor que tenha sido ela pega de surpresa, uma emboscada talvez, provavelmente o primeiro tiro no pulmão, Jéferson Damasceno caído, ainda vivo, que esse tiro não foi o que o matou, Jéferson Damasceno tentando pegar a arma, alguém quebrando seu braço, Jéferson Damasceno começando a perder a capacidade de respirar, arfando e abrindo a boca, alguém lhe jogando terra na boca, Jéferson Damasceno arregalando os olhos, talvez reconhecendo seu algoz ou talvez enxergando já o *inferno, então tomando o tiro no olho, e quase ao mesmo tempo o tiro na orelha, e morrendo, os outros três tiros apenas munição gasta à toa. Isso tudo não direi que foi o que aconteceu, que eu não estava lá, e mesmo se estivesse teria virado os olhos para não ver tão sangrento espetáculo, mas é assim que o legista imagina que tenha acontecido, acredite você se quiser no legista, muita gente o fez, não tanto pela credibilidade do profissional ou pela acuidade do trabalho, mas porque disposta estava a crer e, crendo, jurar vingança e disparar tiros na terra, a mesma terra que Jéferson Damasceno odiava e que mesmo assim, ou por isso mesmo, teve de engolir, sendo em seguida por ela engolido.*

Também não sei dizer se Jéferson Damasceno estava no grupo de soldados que seqüestrou Deodato Amâncio. Talvez sim, que se alguém fosse escolher soldados cruéis para realizar missão desse tipo ele certamente estaria incluído entre os favoritos, não é à toa que seu apelido fosse Chefe Obsceno, mas também talvez não, que exatamente naquela época casara-se ele com Margarida do Carmo, essa mesma que no enterro chorava convulsivamente e não queria nunca sair de perto do caixão, e o dia do seqüestro pouco mais ou menos bateria com sua viagem de lua-de-mel. Mas eu, se tivesse que apostar, diria que sim, que Jéferson Damasceno fazia parte do grupo, sim, senão por que estaria seu assassinato relatado nesta história?

Capítulo 2i

Em que Efigênia sonha, devaneia, elucubra, imagina, ao ver o mar

Nenhuma coisa tem uma primeira vez, que a primeira vez está contida no todo e não faz sentido dizer que haja algo sem que haja o todo antes, e além disso uma primeira vez só pode ser chamada de primeira vez se houver outras coisas que vêm depois, portanto é última, ou pelo menos segunda, toda primeira vez.

Assim também a primeira vez de Efigênia com Deodato Amâncio não pode ter sido a primeira vez, tendo ela já pressentido tudo aquilo que fariam na primeira vez desde a primeira vez que o viu, e tendo ela já imaginado como seria Deodato Amâncio muito antes de o ter visto, e portanto se primeira vez houve para Efigênia e

Deodato foi quando nasceu Efigênia, chame de destino se quiser, eu digo que não é destino, é simplesmente a aplicação da teoria de que não se pode conhecer ninguém a não ser por todos os seus momentos e, por mais que alguns momentos expliquem outros, não há entre momentos momentos primeiros e segundos, apenas as histórias em que acreditamos é que os fazem assim.

Mas há momentos simbólicos, e estamos agora num deles, este momento em que Efigênia vê o mar, eu diria pela primeira vez, se não ficasse constrangido por me contradizer, digamos então que Efigênia constata o mar, o mar que ela sabia que havia, o mar que imaginava quando olhava o céu, o mar que era muito maior do que qualquer coisa que tivesse antes pensado. Maior mesmo que seu desejo de vingança, maior até que seu amor por Deodato Amâncio, o mar que vai, o mar que vem, azul, verde, branco, o mar que faz barulho de mar, o mar molhado, o mar gelado, o mar bravio na parte brava, calmo na parte rasa, calmo de novo na parte funda, toda fúria sendo apenas uma questão de qual região você alcança, nisso o mar é igual às pessoas, o mar que desenha curvas na areia, e pinta de marrom a areia branca, e leva conchas e peda-

ços de madeira como se precisasse de armas para derrotar quem o ouse enfrentar, ou como se dissesse eu posso levar o que quiser e devolver o que quiser, e é essa mesma a verdade, o mar que leva a alma de Efigênia, que almas, se não as há, se as criam para explicar essas horas em que uma pessoa se sente levada para algum lugar sem sair do lugar, e isso explicaria o fato de Efigênia estar agora nesse exato momento nos braços de Deodato Amâncio, que é como ela tinha sonhado que ia ver o mar pela primeira vez, e explicaria o fato de que ela não ouve os três moleques que pedem para ela sair da frente do gol, moça, a senhora está atrapalhando o jogo, e isso explicaria o fato de que ela se sente feliz como feliz teria sido no tempo em que não sabia que era feliz, se soubesse que era feliz, isso só não explicaria o fato de que ela vê dois braços e uma cabeça escorregando numa onda, desde a parte verde até a parte branca, como disse que sabia fazer o Araújo, Araújo que comanda não sei que onda para inundar o devaneio de Efigênia.

Capítulo 3i

Em que a história corre o risco de acabar sem acabar, levada por outra história

Pois é nesse momento que sai Araújo do mar, anda resoluto até Efigênia, diz que quer levá-la para casa, fazê-la esquecer e fazê-la lembrar, esquecer o que esquecido deve ser, lembrar o que lembrado ainda pode ser, e vai Efigênia com ele, porque é tudo o que ela mais quer agora, apenas uma voz que lhe diga está tudo bem, agora está tudo bem, tais podem ser os efeitos do mar, de apagar e cicatrizar, por um lado, por outro pôr sal no que insosso era, como era Araújo para Efigênia. E fica então para trás a vingança de Efigênia, o sofrimento de Efigênia, a história de Efigênia, para que outra história comece.

E não teria eu mais nada a acrescentar, não fosse minha obrigação informar que nada disso aconteceu, que Araújo não surgiu do meio do mar porque aqueles braços e aquela cabeça que Efigênia viu descendo a onda não eram de Araújo, ou eram de Araújo, mas só na imaginação de Efigênia, que imaginação não costuma pagar direitos autorais nem pedir licença, nem mesmo para usar algo tão particular de uma pessoa quanto seus braços e sua cabeça, dá licença, moço, vou ter de pegar seu corpo emprestado para me fazer crer que o homem que eu mandei pastar não ficou pastando, veio atrás de mim pra me levar, que era o que eu queria dizer quando disse pra ele ir pastar.

Infelizmente para Araújo, Araújo não sabe ler pensamentos, não conheço eu ninguém que saiba, a não ser aqueles pensamentos óbvios que se traduzem em sorrisos ou lágrimas ou caretas, aí fica muito fácil, mas não pensamentos confusos e contraditórios como esses de Efigênia, de estar nos braços de Deodato Amâncio e ser levada embora por Araújo. E eu digo infelizmente porque Araújo está justo agora pensando em Efigênia, em como a faria feliz, em como a faria esquecer e lembrar, em como a comeria inteira, como ela comia a cocada branca depois do almoço, com gosto, saboreando cada fiapo de coco, e em como se sente infeliz. E claro está que, se se sente infeliz, é porque não está na praia descendo a onda que Efigênia vê, por isso não vai até ela na areia, não pega sua mão, não diz as palavras que ela quer ouvir, não a beija, não a leva embora. Que assim pode muito bem acontecer com uma oportunidade, passarmos meses a semeá-la e regá-la e, no momento em que ela desabrocha, não estarmos por perto.

Capítulo 25

Em que Efigênia deixa a praia, e alguém se afoga

Até que a água gelada alcança os pés de Efigênia, e pode-se então dizer que a mesma água do mar que a fez absorta a faz desperta, desperta para seguir seu rumo autômato, mas não vamos entrar aqui na discussão sobre quanto da objetividade nos prende a decisões inconscientes e quanto da alienação nos exercita a mente, o que importa é não começarmos a devanear enquanto Efigênia se nos foge, lá vai ela, um pé na frente do outro, de costas para o mar, de volta ao mundo sólido, das certezas absolutas como seu amor por Deodato Amâncio, que tanto sofrimento lhe causou e se transformou nessa procura e nessa necessidade de vingança, de volta ao mundo sólido e duro, no qual mister se faz ser dura.

Assim, pois, que deixa a praia Efigênia, com passos rápidos e decididos, e vamos já, já, acompanhá-la, mas não sem antes notar essa coincidência, que o garoto que descia ondas e a fez pensar em Araújo tomou agora um caldo, engoliu água e se afogou.

Capítulo 26

Em que Efigênia encontra o algum alguém de algum interesse, sendo ela de algum interesse para ele

Há muito, muito tempo Efigênia não pensava nessas coisas, muito menos tirava a roupa na frente de um homem, muito, muito menos ainda o acariciava ou deixava que ele a tocasse, aquilo para ela sempre fora sinal de extrema entrega, e necessário seria uma união de almas, que almas, se não as há, se as criam, quando se tenta explicar como destino cósmico um instinto tão entranhado e arrebatador. Claro que da última vez em que seu corpo fora assim tocado foi no ápice do amor, imediatamente seguido pelo ápice da violência, assim que Efigênia tinha essas duas experiências apenas, a da entrega por extremo prazer e a da entrega por extremo desprazer, as duas quase ao mesmo tempo, as duas tendo em comum apenas o fato de que não se as pode evitar.

Desta vez, porém, Efigênia visitava outro ponto do espectro, descobrindo que se pode também tocar e ser tocada sem amor nem ódio, apenas com indiferença, olhar o homem atuando e pensar em outra coisa, em como o teto desse quarto tem também suas manchas pretas de infiltração, em como faz barulho essa cama, no quente que está, no cheiro de homem que lhe alcança as narinas e que é tão parecido com o cheiro de Deozinho, mas como pode ser parecido se aquele cheiro de Deozinho era tão bom que o que ela mais queria era ter-lhe agora uma camisa usada para dormir com ela e sentir sempre, sempre, o cheiro dele, enquanto este de agora ela tem vontade de nunca ter sentido e quase não respira para evitar ao máximo que esse cheiro asqueroso se prenda nela por dentro?

Jorge dos Santos, o dono desse cheiro e desse corpo que se mexe sobre Efigênia, tem também suas qualidades e seus pensamentos, seus prós e seus contras, sua complexidade, sua simplicidade, mas que disso tudo trate alguém que vá escrever sua história, ele aqui não nos inte-

ressa, deixêmo-lo terminar aquilo que está fazendo, veja só, o ritmo está aumentando, não vai demorar muito, deixêmo-lo terminar e ir embora, dele só nos interessa essa lista que entrega nas mãos de Efigênia, uma lista com dez ou doze nomes, vejamos, daqui dá para ler alguma coisa, sim, sim, Jéferson Damasceno está ali, é o segundo, e há também Robson Flores, José Agripino Maia, o capitão Adamastor e outros cujos nomes não dá mais para ler, agora que Efigênia pegou o papel e o amassou contra o peito, que peito lindo, uma forma arredondada, a pele macia e um bico pontudo e grande. O peito que começa a arfar no ritmo do choro de Efigênia.

Capítulo 27

Em que Maria Fonseca lava uma camisa

Maria Fonseca não é de reclamar da vida, mesmo sentindo falta de Joaninha e tendo de entregar ao bebê da casa onde se empregou o amor e o cuidado que antes eram para sua irmãzinha, mesmo não tendo casa onde dormir com Adalberto Gomes e tendo de vê-lo só no final do dia, quando ele volta da obra e a visita e eles têm um namorinho de portão igual ao que tinham na aldeia, só que agora o portão é a grade do edifício, que tem câmera de tevê interna e vigia noturno, e claro está que, se não reclama da rotina nem da saudade nem de não saber que futuro têm ela e ele, muito menos reclamaria Maria de ter de lavar as camisas sujas de terra e barro e cimento e comida que Adalberto Gomes lhe traz. Mas as mulheres não são lá de fazer muito sentido e, mesmo sendo o sangue bem mais fácil de lavar que outras manchas do dia-a-dia, aí está Maria reclamando, argüindo, pedindo explicação, xingando, ameaçando, brigando, chorando, e mesmo assim lavando, muito bem lavada, a camisa vermelha de sangue que Adalberto lhe trouxe, no dia seguinte ao dia em que disse que não poderia vê-la de noite porque tinha uma coisa muito importante para fazer.

Capítulo -15

Em que se contam eventos acontecidos antes do início da história

Ninguém diria que vem fugido esse homem que caminha com tanta segurança e um sorriso tão aberto de dar bom dia a todos os que não conhece, tampouco ele mesmo diria que vai fugido, que a fuga, depois de um tempo, se torna rotina e já não pode mais ser chamada de fuga, principalmente quando se crê que aquilo do que se fugiu não existe mais, e poder-se-ia dizer que neste momento esse homem fugido cansado de fugir acabou se encontrando na fuga, não se podendo diferenciar fuga de caminho, pois se fuga é fuga dos outros e caminho é caminho de si mesmo, o tempo faz ambas as coisas serem uma coisa só.

Mas deixemos para lá essas considerações fugidias e simplesmente concordemos com Deodato Amâncio, que se encontra onde se encontra e não questiona essa constatação, onde mais se poderia encontrar uma pessoa se não onde ela se encontra?, não havendo melhor jeito de se perder do que procurar-se onde não se está. Pois há muito que Deodato Amâncio deixou de se importar com onde esteja, contanto que esteja, e sua surpresa não é estar aí onde está, mas sim que exista esse lugar em que está, um lugar que a bem da verdade quase parece que não existe, e talvez seja, enfim, o lugar ideal, um lugar que não tem nada, para receber uma pessoa que largou tudo.

Capítulo -14

Em que o nada se transforma em tudo

Nenhuma coisa é nada, já dizia um grego chamado Górgias, um meio século antes de Sócrates dizer que não sabia nada, e nós todos menos ainda, se é que pode haver menos que nada, por isso, dizer que o lugar em que parou Deodato Amâncio não tinha nada é apenas forma de expressão, pois no momento em que se pensa o nada o nada já não é nada, considerar o nada só é plausível na comparação com outros lugares, cometendo-se então o vil pecado de chamar de ausência o que é apenas diferença. Pois que se danem absolutamente todos os relativizadores, aquele lugar não tinha luz elétrica, não tinha escola, não tinha esgoto, nem nome tinha. Não tinha nada.

Mas tinha gente. Entre essa gente, a mulata de olhar curioso, rosto arredondado, cabelos cacheados, lábios carnudos, pescoço longo, ombros largos, peitos grandes mal escondidos sob um vestido largo e curto, que balança ao ritmo de suas ancas, uma barriguinha que se adivinha e pernas grossas de alguém que caminha e agacha e sobe em árvores. E um sorriso, um sorriso que mais tarde um sujeito chamado Araújo, mesmo sem vê-lo, porque ela nesse então já não mais ria, diria que era como os portões do paraíso, um sorriso solto diferente do sorriso de Deodato Amâncio, sendo um o sorriso de quem já tinha visto muito e o outro um sorriso de quem ainda queria ver tudo.

Sim, sim, é claro que você já sabe. Esse lugar tinha Efigênia. O que só prova que o nada contém o tudo, e não o contrário.

Capítulo -13

Em que o tudo se transforma em algo

Se acreditássemos que 13 é um número de azar, poderíamos agora nos convencer de que – 13 fosse um número de sorte, e não seria então mera coincidência que neste capítulo ficássemos sabendo que Deodato Amâncio, ainda que achasse que tinha largado tudo, trazia em si tudo que tinha largado, em sua alma talvez, que almas, se não as há, se as criam, nessas horas em que se quer acreditar que há algum lugar de nós mesmos que é maior que nós mesmos. E teríamos então que concordar, a contragosto, é claro, com os hare krishna e os amish e os hassídicos e os sufistas e os esotéricos em geral, que pregam o poder do sorriso, pois não vejo eu outro motivo para que o tudo que era nada voltasse a ser tudo, a não ser esse mesmo, um bom motivo, aliás, um excelente motivo, o sorriso de Efigênia.

Deodato Amâncio, porém, não é Robinson Crusoé, que reconstruiu toda a civilização numa ilha deserta, nem milagreiro ele é, não estamos aqui fazendo ficção, apenas desvelando uma história possível, que a realidade é isso, o conjunto de histórias possíveis que são efetivamente contadas, e mais algumas impossíveis em que se acredita, e por todos esses motivos é que o tudo de Deodato Amâncio não se transforma em tudo no lugarejo que não tem nome, mas em algo, sim, em algo se transforma, e fazer nosso tudo ser algo é o máximo que se pode almejar.

Assim que, no espaço de um ano, Deodato Amâncio organizaria a coleta de lixo, lideraria a comitiva que foi pedir luz elétrica ao prefeito de Trajano, aconselharia a formação da cooperativa para comprar um burro e fazer uma carroça que servisse a todos, construiria seu barraco e começaria a dar aulas de ler, escrever e fazer contas, aulas essas que atrairiam gente de casas muito afastadas, como o filho do seu Inácio Gomes, que andava uma barbaridade todo dia com uma devoção que nunca entregou à igreja, assim criticava sua mãe, dona Idalina, aulas e progressos que acabariam atraindo também a atenção para o lugarejo e para aquele estranho que veio do nada e, como já se viu, em breve ao nada voltaria, dessa vez, sim, com nada.

Capítulo 28

Em que Robson Flores escapa de uma emboscada

Faz parte do trabalho de um policial enfrentar de vez em quando uma situação como essa, vai-se a um lugar encontrar um informante ou prender um suspeito, ou simplesmente observar a vizinhança, e de repente começam a zunir balas da esquerda, da direita ou da frente, com essa confusão não dá para dizer ainda de onde vêm as balas. Poderíamos afirmar que Robson Flores está conformado com essa rotina, ou melhor, gosta dessa rotina, mas preste atenção, veja seu rosto crispado e sua respiração acelerada, a verdade é que nesse momento Robson Flores não pensa em nada disso, não pensa talvez em nada, transforma-se apenas no animal treinado a lidar com situações desse tipo, sob pressão recorremos todos aos instintos e ao treinamen-

to, não há tempo para reflexão, reflexão podemos nós fazer daqui, de onde não há perigo de levarmos chumbo, como aquele companheiro de Flores, que está caído imóvel morto, provavelmente por causa dos dois tiros que levou, ou como aquele rapazola de seus 15 anos, de camiseta branca, que começou o tiroteio mas certamente não previu que ele pudesse terminar assim, sabe lá que ódio o fez disparar a troco de nada contra dois soldados que iam apenas passando pela ruela.

Note bem essa camiseta branca do rapaz, está se empapando de sangue, de nada tendo adiantado lavá-la no dia anterior, a não ser que fosse para não misturar o sangue de outra pessoa, o sangue de ontem, com esse sangue de hoje, do dono da camisa. Mas, se você está imaginando que esse rapazola de 15 anos cheio de ódio seja Adalberto Gomes, tranqüilize-se desde já, que eu não sou de fazer suspense, não, não é Adalberto Gomes, você tem idéia de quantos rapazolas de 15 anos cheios de ódio há por aí, especialmente nas ruelas por onde costumam caminhar os policiais militares como Robson Flores e seu ex-companheiro, aquele que está caído imóvel morto? Não vamos nós nos ocupar de quais ódios nutria aquele garoto, não *temos tempo, e talvez não termos tempo para eles seja um dos motivos por que andem por aí rapazolas de 15 anos cheios de ódio, mas o que nos importa neste momento é que aquele não era Adalberto Gomes, Adalberto Gomes é esse que está ali atrás, que observou o tiroteio todo e, agora que Robson Flores relaxa e sua respiração começa a voltar ao normal, dá-lhe um tiro, bem-me-quer, dois tiros, mal-me-quer, seis tiros, bem-me-quer, mal-me-quer, bem-me-quer, mal-me-quer, e aí está Robson Flores caído, despetalado, de nada lhe valendo agora todo o seu treinamento, que não há treinamento que ensine a morrer.*

E aqui peço desculpas pelo enganoso título do capítulo, mas o fato é que é verdade que Robson Flores escapou de uma emboscada, ele apenas não contava que seria emboscado em seguida, e, se não fosse por essa improvável sucessão de emboscadas, é provável que não tivesse a mínima chance Adalberto Gomes, um rapaz ainda inexperiente, contra um homem tão cheio de recursos.

Capítulo 29

Em que se encontra e não se encontra um anel de ouro, possivelmente uma aliança

Falando em probabilidades, a probabilidade de uma criança brincando num riacho com pedras redondas, pelo tanto que a água já lhes passou em cima, encontrar um anel também redondo, mas pela ação do ourives e não da natureza, mesmo em se contando que passem dois, três, cinco ou dez anos, mesmo em se contando que ali nesse local brinquem de nadar perto das pedras e mergulhar no poço dez ou quinze meninos todos os dias, mesmo admitindo que o ouro, quando lhe bate o sol das onze da manhã em cima, brilha, essa probabilidade, confessemos logo, não temos como calcular, mas que é pequena lá isso deve ser.

Por isso ali onde se encontra o anel ninguém o encontra, mas o fato é que está ali o anel, ou melhor, esteve ali o anel durante todos esses anos, três, cinco ou dez, ou parou ali depois de um périplo qualquer, engolido por um peixe engolido por outro ou trazido pela corrente, um anel de ouro que acumulou pouco limo porque a corrente é forte, um anel que tem umas ranhuras na parte interna e, se alguém o pegasse, poderia ler nessas ranhuras uma inscrição, a inscrição de dois nomes, Lúcia e Deo, e uma data.

Capítulo 30

Em que morrem mais dois soldados, de quem nem sequer ficamos sabendo o nome, num episódio que suscita a desconfiança de Agripino Maia

Fala, José, diz o capitão Adamastor, e José Agripino Maia diz que acaba de voltar do enterro de dois soldados, um deles um dos homens do grupo especial, já é o terceiro que morre em um mês, não sei, não, capitão, isso não me está cheirando nada bem, a investigação da morte do Chefe Obsceno não deu em nada, ninguém viu nada, o Flores caído em um beco e agora esse aí, morto junto com o colega dentro do carro, os dois voltavam de uma ronda à paisana e o carro foi jogado de um precipício por um outro carro surgido ninguém sabe de onde.

Adamastor levanta os pés da cadeira em que os esticava, manda chamar os homens do grupo especial e ordena uma investigação pri-o-ri-tária, assim mesmo ele fala, escandindo as sílabas, que é seu jeito muito particular de falar, os recrutas novos às vezes brincando de chamá-lo de capitão A-da-mastor, isso é claro só até descobrirem os rigores do capitão, que não admite brincadeira em horário de serviço e considera horário de serviço qualquer horário da vida de seus comandados, que se vida têm é para servi-lo. E é ao fim desta reunião que não se pode mais dizer que os caçadores tenham virado caça, a não ser que se considere que a caça pode virar de novo caçador, ainda que ainda não saiba o que caça.

Capítulo 31

Em que se mostra como o segundo é o terceiro e como o irônico pode ser frustrante

Que um soldado tenha dívidas de jogo e, ao ser cobrado da maneira não muito gentil como às vezes essas dívidas são cobradas, mate o cobrador e, tal feito chegando aos ouvidos de seu agiota, irrite-o a tal ponto que este decida eliminar o soldado, não tanto por decisão estratégica de não deixar que se espalhe a fama de que ele pode ser desafiado sem grandes conseqüências, mas por pura e simples raiva, que tem sua lógica e estratégia próprias, e que o soldado então tenha seu carro abalroado e jogado para fora da pista quando ao lado da pista não haja senão o vazio até trinta metros para baixo, onde começam as pedras e em seguida o mar, enfim, que tudo isso aconteça faz parte de uma outra história, sendo apenas coincidência que no momento em que o carro atinge as pedras lá embaixo notemos que há uma outra pessoa lá dentro, um segundo soldado, sendo este segundo soldado o terceiro soldado, aquele de quem falavam José Agripino Maia e o capitão Adamastor, um soldado do grupo especial, o terceiro a morrer em um mês, segundo as contas de Agripino Maia.

O que há de irônico na coincidência é que foi a morte deste soldado que suscitou a desconfiança de Agripino Maia de que alguém estaria visando o grupo especial, ninguém é tolo de achar que não faz inimigos um grupo especial, ainda mais um cuja especialidade é aquela daquele grupo especial, e, se a maioria dos inimigos é gente inofensiva, os há também poderosos. E, embora certo estivesse Agripino Maia em suas conclusões, errada estava sua premissa, pois que o soldado espatifado nas pedras não foi morto pela mesma pessoa ou pelo mesmo grupo que assassinou Flores e Damasceno, mas morto foi apenas porque estava naquela companhia, dize-me com quem andas e te direi com quem morrerás, sendo uma segunda ironia o fato de que não estava certa a premissa tão somente por uma questão de tempo, como se verá no próximo parágrafo, o que equivale a dizer que, quando a conclusão é boa, as premissas que se arranjem.

Talvez servisse de consolo para a família do soldado saber que, se não tivesse entrado naquele carro que caiu do precipício, tampouco estaria ele vivo, pois que alguém de quem nunca ouvira falar o estava perseguindo, e naquela própria noite já o esperava em casa, arma em punho, para surpreendê-lo no momento em que abrisse a porta e gritasse boa noite, vó, ainda tem janta? Desse dúbio consolo, porém, ninguém ficou sabendo, o que é uma pena, porque teria dado alguma concretude a um pensamento comum dos enterros, aquela insípida frase que diz que, quando chega o momento de alguém, não adianta fazer nada, é o destino.

E aqui talvez devamos pausar e ponderar sobre a natureza de uma vingança, pois que Adalberto Gomes, após passar uma noite inteira agachado ou malparado na frente da casa do soldado que queria ver morto, ao descobri-lo morto sentiu-se frustrado, em vez de aliviado, ludibriado, em vez de vingado. Talvez porque o que importe nas ações humanas seja não seu resultado, mas o quanto de nós se representa nesse resultado, e é curioso mesmo que Adalberto, ao saber morto o soldado, tenha sentido por ele uma *certa comiseração, esquecendo-se por um momento que, se vivo estivesse, morto ele agora estaria por suas mãos.*

Capítulo 32

Em que experimenta Efigênia uma frustração parecida com a de Adalberto Gomes

Talvez não fosse necessário comentar, pelo óbvio que possa parecer, que Efigênia não teve nunca treinamento nenhum em espionagem e investigação, e, embora muita vez se tenha dito que a dissimulação é na mulher uma qualidade natural, tal veredicto não poderemos nós ratificar pelo exemplo aqui em curso, sendo talvez a afirmação fruto de preconceito masculino, pois se algo se revela Efigênia vem a ser ingênua, muito mais que dissimulada, por mais que se esforce em não revelar seus intuitos.

Assim é que, tendo em mente que o menor caminho entre dois pontos é uma reta, conforme lhe ensinou Deozinho quando ainda o tratava ela por professor Deodato, ensino duplamente incorreto, diga-se de passagem, primeiro porque desconsidera geometrias não-euclidianas e, em segundo lugar, porque em coisas humanas o caminho direto é geralmente desaconselhável para ir de um ponto a outro, e portanto não o menor caminho, mas ao contrário, o intrafegável, pois bem, tendo em mente esse ensinamento de apenas relativa verdade é que Efigênia, tratando de saber onde poderia encontrar Jéferson Damasceno, foi ter diretamente no quartel onde ele supostamente servia, perguntar por ele como se da família fosse ou amiga distante, temendo ser reconhecida como o pedaço de carne que o soldado e seu grupo usaram na ocasião em que levaram Deodato Amâncio, mas achando que não, que agora ele a veria por outro ângulo, como gente, não objeto, e, além disso, tanto tempo já havia passado, por isso não poderia ser tão difícil atraí-lo, prendê-lo, quando ele achasse que iria fazer amor, ameaçá-lo, cortá-lo, saber de Deozinho e depois matá-lo, não sabendo ainda direito Efigênia como faria tudo isso, apenas sabendo que faria, que tinha de fazer, que não conseguindo fazer morreria tentando.

Quando então descobre que Jéferson Damasceno está morto, que esta parte de sua *vingança está já cumprida e cumprida teria sido mesmo que tivesse Efigênia ficado paradinha no seu lugar, tem Efigênia essa sensação de tristeza, em vez de alegria, um bocado porque é como se o portador da notícia da morte de Jéferson Damasceno lhe dissesse que ela não tinha motivo nenhum para estar viva, pois que a chance de voltar a ver Deozinho acabara de ficar menor do que a já pouca que era e a alternativa de vingá-lo lhe estava sendo roubada.*

Sente então Efigênia o mesmo tipo de frustração que sentiu Adalberto Gomes, como se de repente faltasse o sangue que lhe serviria para lavar a alma, que almas, se não as há se as criam, nessas horas em que se precisa crer que uma parte de nós, além de imortal, pode se regenerar de todo sofrimento.

Capítulo 33

Em que se revela uma das mais eficientes *técnicas de investigação policial*

Não havendo flagrante e réu confesso, fica a solução de um crime muitíssimo comprometida e, se ainda por cima não houver testemunhas, praticamente se eliminam as réstias de possibilidade de desvendamento do crime, todas as perícias e peripécias detetivescas tendo sua eficácia reservada a romances policiais, a não ser, é claro, que imperioso seja encontrar um culpado, caso em que, sendo igualmente difícil chegar uma investigação a bom termo, mas sendo o resultado cobrado de cima para baixo, culpados se acham, como de tudo se acha, inclusive provas, muitas provas, que provas também se podem plantar e, nessa terra, em se plantando tudo dá.

Não era, no entanto, o caso, uma vez que não se tratava aqui de haver culpados, mas sim de se haver com eles, pois que, num caso, qualquer culpado serve e, no outro, é preciso achar o culpado certo, não ia querer o capitão Adamastor deixar em risco sua tropa e, pior, ele mesmo.

Pois é nesses momentos de desesperança, em que ninguém consegue vislumbrar os rumos que deve tomar uma investigação que já se supõe malfadada, que se deve contar com essa carta na manga do uniforme, essa suprema técnica que se sobrepõe a todas as técnicas, essa insuperável capacidade de observar um caso solucionar-se sozinho, chame você de sorte se quiser, muita gente diz que é manifestação de incompetência, mas o fato é que muitos casos assim se solucionam, sozinhos, por meio de uma denúncia anônima de alguém que algum interesse tenha no caso, ou, no nosso caso aqui, pela ingenuidade de uma suspeita de se apresentar assim, de cara lavada, na porta do quartel, perguntando pela vítima.

Capítulo 34

Em que se conhece o verdadeiro talento investigativo dos soldados

Como assim, apareceu uma mulher aqui no quartel perguntando pelo Chefe Obsceno?, só agora você me diz isso, seu estúpido filho de uma égua?, e é assim, ouvindo um comentário feito meio por acaso, que fica sabendo José Agripino Maia que dez dias atrás esteve ali uma mulata, muito sestrosa por sinal, perguntando por Jéferson Damasceno e, sendo informada de sua morte, meio baqueada saiu, voltando no dia seguinte para saber de outro soldado, justamente o Robson Flores, também morto. Não se lembrou ninguém de questionar a mulata, de interrogá-la, de descobrir por que queria saber de soldados tão recentemente mortos, se nem parente era?, exasperou-se Agripino Maia, e seria o caso de perder mesmo as esperanças de desenrolar o fio da meada, não tivesse ele se lembrado do comentário do praça, de que a mulata era por demais sestrosa, se é que existe isso de beleza demais, e não tivesse então resolvido enveredar pela mais correta linha de apuração dos fatos, confirmando então que seus soldados podiam não entender nada de desconfiar, investigar, concatenar idéias e concluir, mas muito sabiam de notar uma mulher bonita, segui-la com olhos, depois com ouvidos e, se possível, com pernas, mãos, boca e membro.

Capítulo 35

Em que reza Efigênia

Solidão é uma caixa que se vai acumulando de pequenos vazios, um primeiro vazio da infância, um vazio da falta de alguém amado, outro vazio das cores da aldeia que se largou, um vazio das possibilidades perdidas, um vazio de ver um lugar repleto de coisas como elevador e carros e roupas coloridas e transparentes e sinais luminosos e televisão e telefone e gente apressada com muitos compromissos e gente falando outras línguas, e comidas estranhas, ver todas essas coisas sem ter nenhuma dessas coisas, que talvez seja isso o vazio, algo que se cria para fazer caber as coisas que se quer. E um belo dia se resolve abrir essa caixa transbordante de vazios, e os vazios, ao contrário do que poderíamos supor pelo nome que têm, preenchem todo o espaço que existe, que o vazio tem esse poder de fazer caber, mas tem esse também de ocupar o espaço, sendo o vazio, portanto, o motor da vida, quando se o completa e se o muda de lugar, ou a fonte de toda angústia, quando não se o consegue completar, e é por isso que Efigênia está ali parada na décima nona fileira de uma igreja, ajoelhada com as palmas das mãos unidas e a cabeça baixa, soluçando um pouco e pensando em como sua vida é vazia de sentido, em como ela tinha tudo e agora descobre que seu tudo não era nada e que mesmo aquele nada lhe tiraram, em como o mundo é incompreensível, mas, acima de tudo, sente Efigênia esse enorme vazio, o vazio de uma procura infindável e de uma missão de vingança que nunca se vai cumprir, um vazio que é a soma dos vazios acumulados em toda a sua vida, só lhe restando agora essa única certeza, que deus é o dono de todos os vazios, seja porque deus tudo pode, como sempre lhe ensinaram, seja porque deus é o rei do nada, como dizia Deozinho, e é no nada que se encontra tudo.

É a um desses deuses, inexistente ou todo-poderoso, que reza Efigênia, pedindo nem ela sabe o quê, buscando nem ela sabe o quê, e recebendo, como sempre acontece nesses casos, a exata resposta a suas preces, e saindo portanto da igreja um pouco mais confortada do que quando entrou.

Capítulo 36

Em que se narra a exata resposta de Deus às preces de Efigênia

Capítulo 37

Em que se vê Efigênia cercada por anjos

E aí está Efigênia, saindo ainda meio ator-doada da igreja, uma igreja tão bonita e tão vazia, mas tão vazia que lhe preencheu a alma, que almas, se não as há, se as criam, ainda com essa vantagem de, sendo feitas de nada, no nada trafegarem e do nada se encherem, podendo com nada fazer uma pessoa sentir-se satisfeita, ou pelo menos um pouco confortada, ou conformada, como se sente Efigênia em seu atordoamento, e mais confortada ainda agora que se vê de repente cercada por anjos, será que deus atendeu minhas preces?, tantos anjos me vieram buscar, sim, de outros tempos eu já sei que os anjos vestem uniforme azul e andam armados e falam assim de um jeito ríspido, e agarram como se de carne a gente não fosse feita e como se esses apertos não machucassem, mas isso é óbvio, porque anjo não tem carne e não pode saber como dói coisa nenhuma, a carne é a inimiga dos anjos, e dessa vez me levam os anjos, os mesmos anjos daquela outra vez, talvez considerem que já sofri o bastante nessa vida, já mereci o descanso e a felicidade de rever deus e Deozinho.

Capítulo 38

Em que se mostra como a frustração pode ser motivo de alegria

Nessas noites em que Adalberto Gomes diz que não vem vê-la, Maria Fonseca não prega o olho, não porque saiba o que ele vá fazer, mas também não porque não saiba, muita vez acontece isso, de a gente saber e não saber ao mesmo tempo alguma coisa, e é essa dubiedade que explica que ela passe a noite em claro rezando para que Adalberto Gomes esteja com outra mulher, que tenha conhecido uma branca qualquer da cidade que lhe faça e deixe fazer o que ele pede que ela deixe mas ela não deixa, deitar sem casar já é pecado suficiente, isso não, que aí não é lugar de beijar, isso também não, que dói, mas que fique bem claro que o fato de Maria rezar para que Adalberto esteja com outra mulher não significa que ela não lhe tenha ciúme, nem tampouco que ela ache que outra deva dar a ele o que ela não lhe puder dar, nada disso, que embora nova Maria sabe muito bem prezar o prazer e cuidar do que é seu, e o que é seu não é para ficar solto por aí como se de ninguém fosse, que isso equivaleria a dizer que ela fosse ninguém.

Acontece é que Maria, como todo bom crente, cria que podia fazer trocas com deus, ou um santo, e o seu sentimento mais entranhado era justamente o ciúme que sentia de seu bem, bem esse que estava ela disposta a ceder pela certeza de que não estivesse fazendo Adalberto aquilo que ela sabia e não sabia que ele fazendo estava. Porque o ciúme, ainda que seja forte assim como era o ciúme de Maria Fonseca, é sempre um sentimento secundário, um sentimento dependente de outro sentimento, e pelo menos enquanto não corrói totalmente esse outro sentimento esse outro sentimento prevalece sobre o ciúme, e era esse o caso, dos males o menor, que Adalberto estivesse com outra seria um sofrimento quase insuportável para Maria, mas não um perigo para Adalberto, que era o objeto desse seu outro sentimento, sendo esse outro sentimento o único sentimento em que o objeto é mais importante que o sujeito, chamemos-lhe logo pelo nome, amor.

Pois na noite a que se refere este capítulo Maria Fonseca não se restringe a chorar e rezar, sai ela de casa e vai esperar Adalberto Gomes na porta da pensão em que mora junto com os outros operários, ouve todo tipo de gracejos e piadas, mas não arreda pé dali, e três horas depois os gracejos viram respeito, e quatro horas depois viram prestimônia e cinco horas depois viram sincera preocupação, mas Maria Fonseca dispensa pena ou ofertas de ajuda, e assim que vão todos dormir e ela passa a noite toda agachada ou malparada, em vigília, no exato contraponto da vigília que nesse momento fazia Adalberto Gomes, sendo uma vigília pela morte, outra vigília pela vida.

E, embora saibamos todos que a vitória final seja predestinadamente a vitória da morte, que mortais somos todos, nesta noite a morte morre de véspera e é a vigília da vida que vence, e Adalberto Gomes volta frustrado e Maria Fonseca se alegra.

Capítulo 39

Em que se fica sabendo como morreu Jéferson Damasceno

Nunca que Adalberto Gomes recebeu abraço assim tão apertado, nem mesmo quando era pequeno e Idalina sua mãe o apertava a cada cinco minutos, entre uma lavagem de roupa e um preparo de comida, a ponto de seu Inácio proibir tanto agarrão, com medo de seu filho virar fresco. Nem mesmo quando fugindo ele e Maria Fonseca de casa pararam no primeiro descampado no primeiro anoitecer e deram seu primeiro abraço até o fim, que abraços têm também começo, meio e fim, a maioria pára no começo como costumavam parar os de Adalberto e Maria porque a mãe dela impunha limites, mas daquela vez foram até o fim, um abraço nascendo de outro abraço, abraços dados, abraços recebidos, abraços recíprocos, até não se saber mais de quem

eram os braços que abraçavam, para isso aju-
dando é claro o fato de o chão duro ter feito os
braços ficarem meio dormentes. Nem mesmo
quando o primeiro soldado que matou o agarrou
com um braço só, um agarrão forte como só pode
dar alguém que está lutando pela vida, um abra-
ço que é meio luta e meio pedido de misericór-
dia, abraço esse que não teve começo nem meio,
apenas fim.

Pois nenhum de todos esses abraços rivali-
zou em abracice com o abraço que lhe dava ago-
ra Maria Fonseca, os dois tão cansados, ele de
esperar à toa para matar um soldado que jamais
conseguiria matar, porque morto estava, ela de
esperar desesperada, toda a força desse abra-
ço nascendo da renovação da esperança, que a
esperança é a penúltima que morre, um
pouquinho antes do amor. Eterno foi esse abra-
ço, uma eternidade vivida em um minuto e qua-
renta e três segundos, que foi o que durou a
união dos corpos, o infinito cabendo às vezes
no exíguo espaço móvel entre duas línguas que
se emaranham, mais uma vez se demonstrando
que o tudo é no nada que está contido e que em
cada pedaço de tempo se vivem oitocentas vidas.

Capítulo 40

Em que se conta o que se prometeu contar no capítulo anterior, com juros e correção sanguinária

Quanto é que se pode não contar a uma mulher que abraça assim desse jeito e tem os olhos assim fundos de tanto esperar por um homem, uma mulher que se tirou de casa sem mais explicação do que a de que precisava e não podia mais ficar por dever de lealdade, uma mulher que é companheira e que é tão forte assim a ponto de meio adivinhar o que se passa com o homem e se abster de perguntar o que se passa por tanto tempo, o tempo que uma mulher pode agüentar? Quanto é que se pode não contar a uma mulher que não contém mais o choro? Quanto, eu não sei, mas o fato é que Adalberto Gomes contou tudo, talvez porque muito considerasse Maria Fonseca, talvez porque já não agüentasse calar.

E assim que Maria Fonseca ficou sabendo o que já sabia, que a busca do professor Deodato não era só busca do professor Deodato, mas satisfação sanguinolenta dos que o levaram, primeiro com a pista fornecida pelo soldado Moura, em Trajano, de que era na Cidade Grande que se devia buscar o grupo que levou o professor, e que aquilo era coisa de um grupo especial para missões pri-o-ri-tárias, depois a corrida por todos os quartéis e os botequins em volta dos quartéis, até finalmente encontrar alguém que soubesse de alguém que costumava liderar missões pri-o-ri-tárias, depois a compra da arma, e a emboscada de um dos soldados do grupo, o Chefe Obsceno, que primeiro levou um tiro de raspão no pulmão, quando tentou sacar sua arma contra Adalberto Gomes, depois levou uma chave-de-braço, até confessar que sim, tinha ido buscar o professor Deodato nos confins do mundo, mas não, não sabia por quê, depois teve o cano do revólver encostado com força bem ali no ferimento recém-recebido de bala, para doer mesmo, até que dissesse quem mais fazia parte do grupo, mas isso ele não quis dizer, não até ser obrigado a respirar terra, terra pelo nariz e terra pela boca, e engasgar, e curioso é que da boca tapada é que saíram as informações que Adalberto queria, que o Flores, o Agripino Maia, o Almeida, o Pelé, o Uóxinton, e mais uns cinco ou seis estavam no grupo, que o grupo foi mandado pelo capitão Adamastor, que o farrapo de carne foi trazido até o capitão Adamastor, e mais ele não sabia, mas sabia que vivo esse professor não devia estar, porque o pessoal quando começa a bater toma gosto, como gostoso foi usar a mulher do professor, e Adalberto então lhe levou o braço até onde o braço sozinho não teria ido, e ouviu seu filho da puta, o próximo vai ser você, você vai sentir o que o seu professor sentiu, e só parou de ouvir essa praga quando deu dois tiros na cara do soldado, depois mais três no corpo caído, na vã ilusão de que isso adiantasse para exorcizar as ameaças que já lhe tinham invadido a cabeça e nunca mais o deixariam dormir, como se por pôr alguém para dormir para sempre ele tivesse gastado todas as horas de sono a que tinha direito.

E assim que Maria Fonseca ficou sabendo que depois disso Adalberto Gomes foi atrás de outro soldado, o primeiro que o Chefe Obsceno citou, o Flores, e descobriu Robson Flores e o esperou e teve a sorte de encontrá-lo com a arma já descarregada num beco, que ao que parece era esse o seu trabalho, carregar a arma no quartel e descarregá-la na rua, e como nada quisesse saber de Robson Flores e também soubesse que a morte do professor Deodato não significasse nada para Robson Flores, apenas um trabalho bem feito, não disse nada, não perguntou nada, só deixou sua arma falar o que tinha para falar, e isso ela falou seis vezes em discurso direto à queima-roupa.

E assim que Maria Fonseca ficou sabendo que naquela justa noite tinha estado Adalberto Gomes de vigília para matar mais um soldado do grupo que seqüestrou o professor Deodato, mas teve azar porque alguém chegou antes, que nessas histórias de vingança há que se cuidar para se vingar antes que outra vingança impeça a nossa, vivemos num mundo assaz competitivo.

E assim que Maria Fonseca ficou sabendo que entregava seu corpo a um assassino, capaz de dar um tiro numa pessoa que anda e fala e come e respira e pensa e ri e chora e que agora não faz mais nada disso, não faz mais nada disso e também não seqüestra nem estupra nem bate nem mata, diz Adalberto Gomes, e Maria Fonseca se vê no dilema entre pensar na pes-

soa que anda e fala e come e respira e pensa e ri e chora ou na pessoa que espanca e estupra e grita e rouba e mata, esse dilema valendo para os soldados mortos e também para o seu homem, vivo ali na sua frente.

Capítulo 257

Em que se visita um futuro ainda distante, para revelar uma Maria bonita diferente de Maria Bonita

É uma linda lanchonete essa, bem cuidada e de azulejos coloridos, e a comida caseira é nota dez, mas nem precisava que fosse, porque um bom número de clientes viria mesmo que fosse o lugar mais imundo que servisse a comida mais estragada, só para ver a graça da dona, essa dona Maria tão bonita que, diz a lenda, já teve um dia seu Lampião, mas hoje vive do presente, só do presente, e o presente é o feijão com arroz e o ensopadinho e o frango e o xisbúrguer e o bauru e a cervejinha gelada e o cafezinho quente e o biscoito de polvilho e as contas pagas, e o presente é o vestidinho de algodão que lhe traz o marido, um tal José Araújo que dizem que viveu anos inconsolável pelo amor de uma mulher e que aparenta agora ser o mais feliz dos homens e o mais carinhoso dos pais, que quatro filhos ele tem, Jesus, Raí, Gertrudes e Miguelzinho, nisso ele fincou pé, os nomes era ele que ia escolher, Adalberto não, nem Deodato, ainda que o primeiro menino já lhe estivesse na barriga quando José Araújo conheceu Maria, virgem santa, como é linda!

Capítulo -50

Em que morre Lúcia, e deus se desespera

Esgueira-se um vulto para fora de uma casa e para dentro de outra casa, mas só nós sabemos desse movimento, nós e o vulto, e em breve só nós, que ninguém sabe nada depois de morto, e morto será esse vulto, um pouco por fatalidade e outro pouco por falta de aviso de que aquele vulto que entrou na segunda casa não era o vulto que ali morava, mas por mais que quiséssemos não poderíamos nós avisar ninguém, que limites de intervenção há muitos para quem lê uma história e outros tantos para quem a escreve. E assim é que quando um homem contratado para matar o morador daquela casa encontra ali um vulto, crê que é o vulto que ali deveria estar, e atira no vulto e sai da casa.

Algumas horas depois, quando chega em casa, Deodato Amâncio estranha a porta estar destrancada, liga a luz e vê Lúcia caída, branca, ao lado de uma mancha vermelha, e um pouco acima dessa mancha um pedaço da mancha, uma mensagem de Lúcia, uma última mensagem de Lúcia, que mergulhou o dedo no sangue para desenhar um coração e escrever sou tua, tendo Lúcia como sempre e mais que nunca a última palavra, restando a Deodato Amâncio apenas o resto da vida para provar que também ele era dela e que estava certa a tradução que ela fizera de seu nome, deus dado como amante. Mas esse resto da vida não começa senão daqui a cinco minutos, porque é esse o tempo que parado fica Deodato Amâncio, vendo sem ver e entendendo sem entender, lendo aquelas palavras que deveriam ser as primeiras palavras, não as últimas, que era isso que estava combinado, mas parece que agora o mundo estava virando ao contrário, primeiras palavras sendo últimas, a reluzente Lúcia agora apagada e o efeito de Lúcia sobre Deodato sendo deixá-lo horrorizado, em vez de extasiado. Nesses cinco minutos vai deixando Deodato Amâncio de ser o que Lúcia cria e queria que ele fosse, o deus dado como amante, ficando mais uma vez provado que não são os deuses que criam as pessoas, mas antes as pessoas que, ao crer, criam seus deuses, e dá pena olhar agora esse deus que já foi tão amado e idolatrado estar assim desesperado, impotente e abandonado.

Capítulo ⁻49

Em que se confundem sucesso e fracasso, misericórdia e crueldade, vida e morte

Agora que é dia claro podemos reconhecer aquele sujeito que entrou na segunda casa, é Francisco sem sobrenome, Francisco criado na fazenda do doutor Campos Macedo e trazido para a Cidade Grande só para este serviço, Francisco o segundo vulto, que entra na primeira casa, de onde saiu o primeiro vulto, e procura o doutor e diz pronto, doutor, o serviço teve sucesso, e recebe um tapa na cara e não entende nada, que essa não era a paga combinada, mas aí vê por trás do doutor aquele que deveria ser o primeiro vulto, mas não era, claro que não era porque o primeiro vulto estava mortinho da silva e este estava ali em pé, com cara de cadáver, é certo, mas cadáver que é cadáver em pé não fica, então quem era aquele primeiro vulto que jazeu na segunda casa?

Tu matou minha filha, seu filho da puta!, gritou o doutor Campos Macedo, e foi este o último grito que ouviu Francisco sem sobrenome, isso, é claro, se descontarmos os gritos dele próprio, que muitos foram, mas tão ocupado estava ele os proferindo que é possível que os não tenha ouvido, como mais ninguém ouviu, e assim que Francisco sem sobrenome também sem nome ficou, que até tocar nesse nome passou a ser proibido na fazenda e ninguém sabe, ninguém viu, ninguém conta e, com o devido tempo, ninguém nunca nem conheceu aquela pessoa que desde pequena esteve na fazenda e de lá só foi tirada uma vez, para sua desgraça e desgraça do doutor Campos Macedo e desgraça de Deodato Amâncio e desgraça principalmente de Lúcia, que se viva estivesse não teria deixado que tocassem num só fio de cabelo do peão que lhe cuidava tão bem dos dois cavalos, Ébano e Guinevere.

Foi também o último grito que proferiu o doutor Campos Macedo, que nunca mais foi o mesmo depois de consumada a vingança de Deodato Amâncio. Nem mesmo quando semanas depois sofria a dor aguda de um infarto voltou a gritar o doutor, sua vida tendo sido salva apenas pela *observação constante de uma enfermeira que o notou no chão de boca aberta e olhos arregalados. Mas, se vivo estava, era já como se não estivesse, um fantasma, diziam, um fantasma do que fora um dia, desde o dia em que lhe apareceu na frente Deodato Amâncio como se fora um fantasma, pois que tinha acabado de mandar matá-lo, e se pode concluir portanto que, se fantasmas há, uma propriedade eles têm, é ser contagiosa sua fantasmice.*

Sendo talvez o mecanismo do contágio nada mais que gritos, pois muito gritou naquele dia Deodato Amâncio, que há muito já se vinha preparando para enfrentar Campos Macedo pela vida de sua filha, e agora o enfrentava pela filha morta, e por isso entrou como um raio na casa do doutor e lhe apontou uma arma na cara, encostando nela o cano frio da arma, como frio estava o corpo de Lúcia, e berrou seu velho burro, você matou sua filha, você matou sua filha, e eu vim aqui para acabar com você, com o seu preconceito com o seu orgulho com a sua presunção com a sua maldade com a sua bestialidade, eu vim aqui para matar você, mas não vou matá-lo, não, porque isso seria um acinte à terra, receber no mesmo dia um anjo e um demônio, e isso seria um alívio para a sua raça maldita, em vez disso você vai viver, seu velho sujo, vai viver sabendo que matou sua filha, vai enterrar sua filha e nunca mais vai levantar da cama e receber um beijo nem sorriso, e vai saber que é tudo culpa sua, você matou sua filha, a filha que você queria só para você, sua criança, a luz da sua vida, foi você que apagou, ninguém mais, só você.

E assim é que se conclui a vingança de Deodato Amâncio, uma vingança que se poderia dizer que é uma não-vingança, ou a pior vingança, tanta crueldade disfarçada de misericórdia, e nesse momento os dois inimigos são quase dois irmãos, pois que enxergam o sofrimento um do outro como se estivessem olhando um espelho, e quase têm vontade de confortar um ao outro, até que entra na sala Francisco sem sobrenome para ser recebido pelo doutor que só é tratado pelo sobrenome e num estalo de costa da mão de um na face do outro é que percebe Deodato Amâncio, que não estivera olhando para um espelho, aquela imagem não era a sua imagem, que o modo de lidar com a dor é uma das maneiras mais eficazes de diferenciar as pessoas, e a dor que estava quase a compartilhar com seu oponente, o homem que dera a vida e tirara a vida de Lúcia, essa dor recolhe-a Deodato

Amâncio e a leva embora consigo, deixando na sala o futuro cadáver de um homem sem sobrenome e a futura assombração de um homem sem nome.

Capítulo 41

Em que Adalberto Gomes deixa de ser Adalberto Gomes e começa a se tornar Adalberto Gomes

Não, isso eu não posso fazer, Maria Fonseca, me peça tudo, menos isso, isso é questão de honra, é questão de amizade, é questão de homem, isso que eu comecei eu vou acabar, e aí sim, aí sim a gente pode ter paz, voltar pra aldeia ou ficar aqui ou ir pra outro lado, mas não me peça isso, porque eu te quero muito, mas tem coisa que é mais forte que o querer, disse Adalberto Gomes a Maria Fonseca, e o que disse era toda a verdade, ou toda a verdade que ele conhecia, porque Maria Fonseca suspeitava já de uma outra verdade, que nada é mais forte que o querer a não ser outro querer, que o que se começa não se acaba nunca, que um caminho que vai não serve para voltar e que o que a gente faz faz a gente ser o que a gente é, e suspeitando essa outra verdade é que Maria intuía que o Adalberto que conhecia nunca mais seria o Adalberto que conhecera, seria sim o Adalberto de voz grossa que conhecido ficará se vivo chegar ao fim da história.

Foi por isso que brigaram Maria Fonseca e Adalberto Gomes pela primeira vez, nem quando brincavam de casinha quando tinham cinco anos tinham brigado, nem quando ela não entendeu essa necessidade dele de ir à aula do professor Deodato, nem quando ele esqueceu o aniversário do primeiro beijo trocado no riacho depois do pôr-do-sol, nunca tinham nem alteado a voz um com o outro, a não ser para rir daquelas piadas que só os dois entendiam, mas agora saía Adalberto Gomes da companhia de Maria Fonseca com essa impressão de que alguma coisa tinha mudado e, quando se virou para dizer não se preocupe não, não recebeu nenhum aceno de volta, nem mesmo lágrimas, parecia que o olho de Maria Fonseca tinha ficado vazio, que ela olhava na direção dele e não via nada, e isso foi dando uma raiva tão grande em Adalberto Gomes que se poderia dizer que ele seria capaz até de matar alguém, se já não fosse esse mesmo o seu intento.

Capítulo 42

Em que morre o Uóxinton

Com dezesseis anos recém-completados, não deveria um garoto ser páreo para um soldado bem treinado, um atleta velocista, mas Adalberto Gomes era um desses garotos parrudos, causava espanto entre os colegas da obra pelo tanto de disposição que tinha no trabalho, e mais disposição ainda parecia ter agora que tinha seu próprio objetivo e que já vinha com raiva, assim que Uóxinton não teve muita chance, foi pego de surpresa atingido com uma pedra na cabeça e agora já se via ferido e imobilizado por esse sujeito que veio do nada, e tomou um soco e outro e outro e começou a sentir gosto de sangue e não conseguia entender nada, parece que o sujeito perguntava algo sobre um tal de professor, só pode estar drogado esse cara, pensou Uóxinton, mas logo não pensou mais nada, só na mão que o atingia, no sangue, no dormente que a boca ficou, na dor tão doída que já não podia identificar onde é que doía, meu deus, que mal-estar, por que não acaba esse mal-estar, pára com isso, chega, pára, e aí, como que os céus lhe atendessem o pedido, tudo parou.

Capítulo 43

Em que vive o Uóxinton

Levanta-se ainda trôpego o Uóxinton, mal consegue se lembrar do que lhe aconteceu na noite passada, e essa maldita dor de cabeça, pela milésima vez jura Uóxinton que vai parar de beber, que chega de farra, mas aí se lembra das duas putas que dançavam na boate e da mulata que o acompanhou até o quarto, sim, este quarto, pra onde terá ido a mulata?, puta que pariu, minha folga acabou, já tô atrasado pra voltar pro quartel, cadê o Pelé, será que aquele desgraçado já foi embora?

E chega Uóxinton de volta ao quartel duas horas e meia depois de ter acordado, mas em vez de tomar bronca é recebido com festa por Pelé e Almeida, e então fica sabendo que o corpo de um Uóxinton foi encontrado de madrugada, a cara tão amassada que só se reconheceu o sujeito pela plaquinha que carregava com o seu nome, e até há pouco não se sabia qual dos dois Uóxintons tinha sido morto, mas resulta que foi o novato, o Uóxinton bom moço, que tinha como maior sonho fazer parte da tropa dos capacetes azuis da ONU e ajudar a levar a paz aos lugares conturbados do mundo, o Uóxinton que corria tão bem que sonhava em desbancar os quenianos em provas de média distância, o Uóxinton que namorava a Ritinha e tinha um irmão chamado Dênver que achava que ele era um herói, o Uóxinton que deixou um crédito na venda do seu Antônio e uma encomenda com a dona Sueli que vendia bijuteria, um brinco que ia dar para a Ritinha, enfim, o Uóxinton que não tinha planejado morrer, o que não é de estranhar, mas também o Uóxinton que Adalberto Gomes não tinha planejado matar, o Uóxinton errado, seu Isoldinho nunca vai desconfiar que o nome que ele tanto fez questão de dar ao filho foi o que o matou tão jovem.

Capítulo 44

Em que Maria Fonseca é demitida, e se demite

Depois que se despediu Adalberto Gomes, na praça em que se encontravam, dizendo que não podia deixar de fazer aquilo que ia fazer, ficou ainda Maria Fonseca sentada no banco durante duas horas, olhando para o nada, pensando em nada, sentindo nada, um estado de alma muito parecido com aquele por que anseiam os praticantes de yoga, que almas, se não as há, se as criam, às vezes apenas para negá-las. E parada ficou Maria Fonseca por um tempo incontável, porque o tempo se conta apenas por episódios observáveis, sendo toda a imobilidade, por definição, infinita, e todo movimento, por definição, criação, sendo toda a criação, portanto, o fim do infinito.

Pois o infinito de Maria Fonseca findou-se com o escorregar de uma lágrima do olho direito, uma lágrima quente como era quente o corpo de Adalberto Gomes, molhada como molhada ela ficava ao ouvir os sussurros de Adalberto Gomes, a lágrima que percorreu sua bochecha e depois o pescoço e foi morrer no seio, um caminho que às vezes fazia também a língua de Adalberto Gomes, com a diferença que a língua de Adalberto Gomes tinha vida própria e podia voltar pelo mesmo caminho que tinha acabado de percorrer e passar para o outro lado e chegar ao ouvido, à nuca, às costas, ao umbigo, ao ventre e depois voltar ao ouvido e dizer o quanto era bom aquele caminho, enquanto a lágrima, uma vez no seio de Maria Fonseca, secou.

Então levantou-se Maria Fonseca e foi para casa, ou para o trabalho, que casa e trabalho para ela ficavam no mesmo lugar, e ao chegar ouviu de dona Lurdes que não podia mais ficar, que dona Lurdes precisava de alguém que não passasse a noite fora como ela tinha passado na semana passada, nem perdesse a hora, como ela perdera a hora há duas horas, e foi assim então que Maria Fonseca ficou ao mesmo tempo sem casa nem trabalho. E, como perdera a casa que não era sua, pensou que também podia per-

der o homem que já não era seu, seu homem que era na verdade de outros homens, desse mundo masculino feito de tiros e sangue e perseguições e honra.

Capítulo -53

Em que Deodato Amâncio conquista Lúcia Regina

Não saberia eu dizer quantos olhares trocaram Deodato Amâncio e Lúcia Regina Campos Macedo antes do primeiro sorriso, nem quantos sorrisos antes da primeira palavra, nem que palavra foi essa, nem que palavras se seguiram seguidas de sorrisos seguidos de olhares, fechando o círculo. Só o que posso dizer é que em algum momento convenceram-se os dois olhadores que tinham almas gêmeas, que almas, se não as há, se as criam com essa dupla pretensão de serem únicas e de terem uma igual, e como entre almas, ao contrário de corpos, se incentiva o incesto, espera-se que unam-se as almas gêmeas através dos corpos que habitam.

Capítulo -11

Em que Deodato Amâncio conquista Efigênia

Não saberia eu dizer quantas palavras trocaram Deodato Amâncio e aquela mulata chamada Efigênia antes do primeiro sorriso, nem quantos sorrisos antes do primeiro olhar, nem que olhar foi esse, nem que olhares se seguiram seguidos de sorrisos seguidos de palavras, abrindo um círculo há tanto tempo fechado. Só o que posso dizer é que em algum momento convenceram-se os dois palavradores que apalavradas estavam suas almas, que almas, se não as há, se as criam, e para criá-las não há outro material que não esse mesmo, palavras, e assim como palavras vozes diferentes as repetem, assim também almas corpos diferentes as abrigam, sendo essa e nenhuma outra a explicação por que um eu te amo e um não posso viver sem você te-

nham o poder de criar almas gêmeas em corpos tão distintos, almas feitas para promiscuir-se, em corpos tão distintos.

Capítulo -55

Em que se fala de uma princesa e um calçado feito sob medida

Que Lúcia nascera como princesa e como princesa fora criada e sempre tratada, disso sabia o plebeu Deodato Amâncio, e mesmo se não soubesse percebido teria, pois que o doutor Campos Macedo, ainda que respeitoso em relação ao engenheiro que contratara para fazer obras na fazenda, mostrava-se irritadiço sempre que seu olhar escorregava em direção à filha. Assim que o engenheiro Deodato tão surpreso ficou quanto seu patrão, ao perceber que alguns de seus olhares voltavam retribuídos e que o que lhe parecera impossível a pouco e pouco se mostrava mais que provável que às vezes é um mero estalo o que falta para um impossível tornar-se um inevitável.

Deu-se o estalo quando Lúcia torceu o pé durante uma visita à obra coordenada pelo engenheiro Deodato dentro da fazenda, e no colo dele foi carregada até o carro, e no carro dele foi levada até um posto de saúde, onde se lhe colocou no pé uma bota feita sob medida para ela. Assim que, como num conto de fadas ao reverso, o sapatinho de gesso fez da princesa uma plebéia, e bastaram três horas de conversa com Deodato Amâncio para que a ex-princesa se encantasse com o mundo real e mais ainda com as pessoas que o constroem, e notasse quão parecido com uma prisão era o seu palácio, e o quanto ela precisava de uma ponte para atravessar aquele fosso, e foi essa ponte móvel, sem concreto nem metal, a obra mais imponente da carreira do engenheiro.

Capítulo -12

Em que se fala de uma plebéia descalça

O mundo real era o que conhecia Efigênia, o mundo de comer, lavar, secar, limpar, cozinhar, cuidar do pai, olhar o céu para ver se vai chover e tirar a roupa do varal, cuidar das plantas na horta, e o que a encantou foi descobrir o mundo mágico descrito por aquele moço novo na aldeia, do céu em que giram outros mundos, dos países que existem e das línguas esquisitas que falam lá, dos prédios de cem andares, dos bichos tão pequenos que ninguém vê, da força que faz um beija-flor para ficar parado no ar. Foi por causa de Efigênia que Deodato Amâncio começou a contar histórias para as crianças no fim da tarde, e daí resolveu pular para as aulas no começo da manhã bem cedo e, embora nunca sentasse no chão ou numa das cadeiras para ouvir o pro-

fessor, Deodato sabia que ela o estava escutando, porque aprendera a reconhecer na terra batida as marcas dos pés que se arrastavam sempre que ela se esgueirava por trás da sala para ouvir histórias que vinham do outro lado da parede.

Assim que Deodato Amâncio apaixonou-se ao mesmo tempo pelas marcas deixadas pelos pés descalços e pelo sorriso tímido da moça que lhe limpava a casa, e, como não podia pensar nas duas coisas ao mesmo tempo, tirava a média entre os dois pontos e ficava cada vez mais obcecado pelas ancas de Efigênia.

Capítulo 45

Em que Adalberto Gomes estuda matemática

Quatro homens mortos, três pelas suas mãos e um que ele teria matado se não tivesse sido morto antes, três que mereciam morrer e um que ele matou enganado, um erro para três acertos, essa era uma boa média, costumava dizer o professor Deodato, mas uma coisa é matar alguém que matou alguém e outra coisa é matar alguém que não tinha nada a ver com a história, pensa Adalberto Gomes, sentado no parapeito do último andar do prédio que ele estava ajudando a construir. Talvez seja esse o preço da vingança, matar gente que não tem nada a ver com a história, apenas para conseguir matar quem tem mesmo que morrer, e será que é pior matar alguém que não devia morrer ou não matar quem não deve viver?

E pensa Adalberto no que lhe disse Maria Fonseca, que ele agora era igual aos que ele queria matar, depois pensa que talvez o sujeito que ele matou ainda viesse a matar alguém, se ele não o tivesse matado, que afinal era do grupo de onde saiu o grupo de assassinos, depois pensa que guerra é guerra, e essa guerra quem começou não foi ele, muito ao contrário, ele queria era estudar e ser assim como o professor Deodato, mas isso agora era impossível, então finalmente pensa que não cabe a ele pensar mais nada, cabe apenas rezar pela alma do rapaz morto, e também pela sua, que almas, se não as há, se as criam, nuns casos para crer que o corpo continua vivo depois de morto, noutros para crer que o corpo já está morto, ainda que vivo.

Capítulo 46

Em que Efigênia descobre que o paraíso não tem anjos

Será o céu esse lugar todo azul, serão essas as primeiras aulas de como voar?, imagina Efigênia, de cabeça para baixo, com os joelhos presos num ferro e os braços atados aos pés, e talvez então seja um treinamento para respirar debaixo d'água essa prática de enfiar sua cabeça num balde, e talvez sejam um teste de caráter essas perguntas todas, todas acompanhadas de tapas e queimaduras com ponta de cigarro, e talvez seja uma prova de que no céu o corpo não vale nada o fato de tantos anjos usarem seu corpo para tantos fins, todos vis, todos dolorosos, todos tão libertadores da alma, sim, libertadores da alma, porque o que é que liberta a alma, se não a sujeição do corpo?, que almas, se não as há, se as criam, justamente com esse intuito *de fazê-las libertar-se do corpo, trair o corpo, trair a memória do corpo e com isso trair a memória dos corpos que tiveram contato com o corpo, quem sabe assim contribuindo para que outras almas se libertem de seus corpos.*

Tome-se porém como vitória do corpo sobre a alma o fato de que Efigênia não profere as palavras mágicas, não diz de onde veio, nem por quê, nem quando, nem diz seu nome e, mais que tudo, não diz o nome de Deodato Amâncio, sendo essa a mais forte das provas de resistência, pois que o nome de Deodato Amâncio lhe fica dançando na boca, na garganta, nos pulmões, no sangue, e, se pudéssemos acreditar que um nome tem tanta força, diríamos que esse nome lhe sustenta o ânimo, até o ponto em que não podem mais os soldados sustentar uma sessão de tortura no quartel sem provocar desconfianças, e deixam Efigênia sozinha, e pela primeira vez na vida Efigênia considera estar sozinha uma bênção dos céus, e conclui portanto que o paraíso é um lugar vazio.

Capítulo 47

Em que se reconhece o gemido de Efigênia

Um simples gemido de Efigênia valeu por mil palavras, ou não, exagero, mas por um nome valeu, porque um dos soldados reconheceu na dor de Efigênia de agora a dor de Efigênia de não sei quantos meses atrás, quando fomos buscar aquele sujeito lá nos cafundós do Judas, se não me engano era essa mulata que estava lá com ele, nossa!, é isso mesmo, é ela, e assim que tudo que Efigênia não disse dito estava agora sem ela dizer. E não tardou, portanto, que o capitão Adamastor resolvesse liderar uma força-tarefa para descobrir quem é que estava por trás das mortes de seu pessoal, que evidentemente não era aquela pobre coitada que ficou ali mesmo largada, com seus gemidos. Finalmente, os caçadores que tinham virado caça voltavam a ser caçadores.

Capítulo 48

Em que se reconhece o gemido de Efigênia

Um simples gemido de Efigênia foi ouvido pelo coronel Torres, que passava naquela hora perto do quarto azul, aquele canto de treinamento do pessoal do Adamastor, e se fosse outra pessoa teria passado direto, achando que tivesse escutado mal, mas Torres detestava Adamastor, e quando detesta alguém alguém sempre presta mais atenção nesse alguém, o que era o caso de Torres com Adamastor, Adamastor suspeito de ligações com o tráfico, Adamastor suspeito de liderar esquadrão da morte, Adamastor suspeito de fazer serviços sujos para políticos idem, Adamastor suspeito de ter matado seu colega Epifânio no final dos anos de chumbo, tudo suspeitas sem prova, nem um documento, nem uma acusação formal, nem uma palavra de testemunha, nem um gemido. Opa, que gemido é esse?

Capítulo 49

Em que o sempre vira nunca mais

Adalberto Gomes, quando menino, tinha uma peculiaridade, que era que nunca chorava, só ficava sério e parado em pé olhando fixamente para o ponto de onde partia o motivo de sua contrariedade, fosse a mãe, que não o deixava brincar, ou o pai que lhe batia, ou o prato de comida que não oferecia mais comida, e mesmo quando cresceu manteve essa característica, só que então passou despercebida, porque não é mesmo usual um homem chorar, mesmo assim tão novo, então que não tão diferente dos outros ele ficou, tanto assim que eu mesmo esqueci de contar esse seu particular, que estou contando agora só porque é aquele mesmo olhar de menino que ele lança neste momento, do parapeito do último andar do prédio que ele estava ajudando a cons-

truir, aquele olhar sério em direção ao ponto de onde partia o motivo de sua contrariedade, sendo a única diferença que agora esse ponto era o mundo inteiro.

Então faz Adalberto aquilo que sempre fazia nessas horas, desde criança, que era procurar a única pessoa que sabia acalmá-lo, Maria Fonseca. Mas desta vez não a encontra na casa em que ela não mais trabalha, não a encontra na praça onde às vezes ia sozinha para olhar a gente da Cidade, não a encontra com a amiga que trabalha no prédio, e supõe que ela está aí perdida no mundo, esse mundo grande que ele um dia quis descobrir e conquistar e do qual agora só quer duas coisas, uma vingar-se, duas recuperar sua Maria Fonseca.

Capítulo -51

Em que se fala de encontros secretos

Este título é obviamente mentiroso, já que não vou poder falar dos encontros secretos de Deodato Amâncio e Lúcia Regina Campos Macedo, pelo único e simples motivo de que eram secretos os encontros secretos de Deodato Amâncio e Lúcia Regina Campos Macedo. Vistos foram duas ou três vezes, uma certamente no dia em que Lúcia torceu o pé, uma outra junto de uma árvore perto da casa principal, outra de noite na baia dos cavalos, que Lúcia tinha dois cavalos, Ébano e Guinevere, mas nenhuma dessas vezes nenhuma testemunha testemunhou desonra para a família Campos Macedo. É certo que se desconfiava de algo, e o doutor Campos Macedo tinha lá seus incômodos ao pensar que o engenheirinho que contratara podia estar se engraçando com sua filha, mas, que eu saiba, ninguém, a não ser os dois, poderia contar o que se passava nesses encontros secretos.

Talvez se possa no entanto imaginar o que falavam os dois enamorados, com base em exemplos de outros encontros de amor, supondo-se é claro que pessoas enamoradas são todas iguais, que o enamoramento suprime as nuanças que diferenciam uma pessoa de outra pessoa, tornando todas as pessoas apenas e tão somente humanas, ou antes ainda, animais. Ou supondo, por outro lado, que o amor torna as pessoas instrumentos do amor, tendo o amor lógica própria, independendo dos estratagemas que use para unir alma com alma, que almas, se não as há, se as criam, para guardar nelas outras coisas que se também criam, entre elas essa idéia de amor, amor portanto servindo apenas e tão somente para gerar amor. Mas não compartilho eu dessas teorias, penso ao contrário que cada enamoramento é um enamoramento diferente, que as atitudes podem ser parecidas, que até o falar pode utilizar os mesmos códigos tatibitates, que os gestos podem mesmo ser universais, como um acariciar de mãos ou um mordiscar de lóbulos de orelhas, mas quem se apaixonou mais de uma vez na vida sabe que há diferenças pro-

fundas, mesmo quando se usa o mesmo gesto para uma pessoa diferente, mesmo até quando se usa o mesmo gesto com a mesma pessoa, porque, perdoe-me a livre adaptação de Heráclito, não se penetra duas vezes a mesma mulher.

Mesmo assim, talvez uma coisa se possa dizer que falaram Deodato e Lúcia em pelo menos uma ocasião, e isso não porque alguém tenha ouvido, mas por dedução, pois que se se encontraram depois é pelo menos natural supor que tenham combinado de se encontrar, jurado que se amavam e que nada os separaria e que da próxima vez que se encontrassem seria para sempre, e foi provavelmente por isso que Deodato Amâncio alugou uma casa tão perto da casa que o doutor Campos Macedo ocupava quando ia à Cidade Grande, justamente na época em que Lúcia Regina foi passar duas semanas na Cidade Grande, para visitar o túmulo da mãe e se inscrever num curso de medicina. Assim que, se não podemos saber o que se passou nesses encontros secrestos, é razoável inferir que eles se deram em dois estágios, primeiro na fazenda e depois na Cidade Grande, uns meses depois que a obra que Deodato Amâncio fora incumbido de realizar realizada estava. O que não esperava

Lúcia é que seu pai a seguisse, e depois, como já foi contado, trouxesse Francisco sem sobrenome para liquidar no nascedouro um assunto que não lhe agradava, a ele o doutor Campos Macedo, saindo-lhe porém a encomenda da pior maneira possível.

Capítulo -10

Em que não se fala de encontros não-secretos

Todos os dias encontravam-se Deodato Amâncio e a mulata Efigênia, e isso não era segredo para ninguém, que Efigênia era quem arrumava a casa e preparava a comida para aquele homem que chegara ninguém sabe de onde e agora começara a dar aulas e dar idéias para as pessoas, e ambas as coisas faziam crescer o respeito de todos, assim que ninguém achava estranho que tanto conversassem os dois, claro era que estava ele ensinando a Efigênia, ou cobrando serviço, ou pedindo algo, tendo alguém algum dia achado que algo mais havia naquelas palavras apenas quando as não ouviu, quando flagrou os dois parados sem se olhar, sem se falar e sem se tocar. Que há silêncios assim que são mais eloqüentes que qualquer coisa que se diga, para o bem ou para o mal, silêncios em que cabem todas as palavras do mundo ou silêncios que não toleram palavra nenhuma, havendo entre esses dois silêncios uma ampla gama de silêncios intermediários, como por exemplo esse silêncio de agora até o próximo capítulo.

Capítulos -48 a -20

Em que se fala de um longo silêncio

E anda e anda e anda Deodato Amâncio, não sendo aconselhável escrever aqui o verbo andar a cada centena ou milhar de passos que dá o engenheiro, aí ficaríamos cansados todos, talvez mais que ele, que idéia nenhuma tem na cabeça, cansaço sendo portanto para ele uma idéia impossível.

O fato é que desde que saiu da casa do doutor Campos Macedo muito andou Deodato, impedido que estava de voltar para a casa onde jazia a alma de Lúcia Regina, que almas, se não as há, se as criam, para sobreviver aos corpos, condenando-as no entanto a, quando mortos estão os corpos, em vez de ganhar liberdade da carne, viver repetindo na memória dos outros os gestos e palavras que esses corpos tenham fei-

to em vida. Por isso andou Deodato, fugindo, e andou por lugares que conhecia mas que ao passar não reconheceu, que acontece isso às vezes, de estarmos no mesmo lugar e sentirmos uma sensação de estranhamento, porque por trás dos olhos já não somos talvez os mesmos. E andou por lugares que sempre quisera conhecer, mas que ao conhecer não os notou, que muita vez acontece isso, de achar que algum lugar possa mudar nossa rotina, mas perceber, ao chegar, que nossas rotinas carregamos nós conosco, fazendo essas rotinas com que os lugares fiquem parecidos com outros lugares. E andou por lugares que nem sequer sabia que havia, e continuou sem saber, porque não se pode conhecer algo se não se tem a exata noção do que se quer conhecer, e como já se viu Deodato Amâncio noção nenhuma carregava agora, a não ser do lugar que deixou para trás e da mulher que, mesmo sem a ter, perdeu-a.

Fique por isso desses vinte e oito capítulos apenas a imagem de uma alma penada vagando sem destino, que almas, se não as há, se as criam, normalmente para fazer crer que há um destino último ao qual nos dirigimos, mas às vezes também para desviar-se de qualquer destino, criando esse outro destino que é escapar de qualquer destino, ficando entretanto patente que uma alma, se imortal for, destino não pode ter, que destino é fim.

Fique também essa noção de que o tempo passou, sem que saibamos quanto, embora intuamos que muito, que metade desse tempo Deodato gastou tentando esquecer quem fora e pelo que passara, se é que são diferentes essas duas coisas, e a outra metade gastou recobrando sua consciência, ainda que sem perceber, porque é assim que se recobra uma consciência, inconscientemente.

E é quando desiste de lutar contra si mesmo que Deodato Amâncio percebe que é ainda capaz de sorrir e chorar e suspirar e notar a diferença entre o lugar em que está e o lugar em que esteve, e começa então a deixar de ser alma penada, que almas, se não as há, se as criam, para carregar coisas pesadas demais, como culpa e rancor e angústia e tristeza, embora por imateriais que sejam difícil seja para almas carregar qualquer coisa, assim que ludibriados ficamos, que além de carregar nossa culpa e nosso rancor e nossa angústia e nossa tristeza, as almas que criamos passam também a nos pesar nas costas, até que um belo dia damos uma sa-

cudidela mais forte e ou essa alma se ajeita ou fica pelo caminho.

E foi assim que Deodato Amâncio sufocou a alma que o sufocava, que almas, se não as há, se as criam, e se se as criam, se as podem matar, mudar ou mandar pastar.

E é por isso que nesta última parte desta série de capítulos podemos ver Deodato Amâncio sentado na foz de um riacho, depois de tantos anos achando linda uma paisagem, sendo essa idéia de beleza finalmente uma idéia, e puxando uma idéia outra idéia, e molhando Deodato Amâncio o riacho com algumas lágrimas, e tirando do dedo um anel que se tempo tivesse tido teria dado a Lúcia Regina na noite em que a encontrou pela última vez, e jogando o anel no riacho, um anel de ouro com uma inscrição de dois nomes, Lúcia e Deo, e uma data, o anel que desce a correnteza levando consigo a alma penada que Deodato Amâncio até ali carregara, que almas, se se as cria, para os homens, se as podem criar também, apenas com um pouquinho mais de esforço, para coisas.

Capítulo -9

Em que Efigênia sorri

Foi num dia em que Deodato Amâncio ficou um tempo a mais na sala depois da aula, sentado, escrevendo algo numa folha de papel, e quando levantou os olhos viu os olhos de Efigênia olhando para os olhos dele e, como se fossem dois espelhos colocados um na frente do outro, esses dois pares de olhos refletiam nada a não ser o infinito, que o nada é isso, um infinito, até que alguém de fora tente explicar o que é esse infinito e pronto, o infinito acaba e o nada vira algo. Por isso não vamos tentar explicar o que olharam aqueles olhos, apenas dá para notar que os corpos donos dos olhos se aproximam um pouco, e mais um pouco, e alguma palavra uma das duas bocas profere, e a outra assente, e agora os olhos já não vêem nada, não só porque estejam fechados, mas também porque quase não há mais distância entre eles, e distância não havendo difícil fica diferenciar sujeito de objeto, amante de amado e, não fosse pelas diferenças de cor e textura, tampouco se diferenciaria a mão de Deodato das costas e das nádegas de Efigênia.

E é nessa hora que Efigênia sorri, um sorriso que não vale a pena nem tentar descrever, um sorriso que não se percebe como sorriso, porque ao vê-lo ingressa-se imediatamente num estado de embriaguez da consciência, e é como se não mais houvesse a face que sorri, nem os olhos que notam o sorriso, mas apenas o sorriso em si, por si, para si, que se algum plano divino houvesse para que o universo fosse criado, claro está que seria para que algum dia alguém tivesse um sorriso assim, e fica claro então também que Efigênia não poderia jamais negar nada a alguém que a podia fazer rir assim, cumprindo os desígnios de todo o universo.

Capítulo -8

Em que chega um aluno novo à classe de Deodato

Ele entrou na sala quieto, não falou com ninguém, não respondeu o bom-dia de Deodato Amâncio, não se mexeu quando os outros alunos o chamaram de bicho-do-mato, não sentou na cadeira que lhe foi oferecida, não correu para fora nos quinze minutos de intervalo e, no fim da aula, foi embora do mesmo jeito como entrou, sem nenhum aceno, nenhum gesto de aprovação ou reprovação. Mas Deodato Amâncio percebeu que aquele garoto que saiu de sua aula já não era igual ao garoto que entrou.

No dia seguinte, Adalberto Gomes voltou. Dois dias depois, agachou-se no chão. Na outra semana, fez uma pergunta. Um mês depois, era um aluno quase como outro qualquer, se é que qualquer pessoa pode ser igual a uma pessoa qualquer, e mais ainda Adalberto Gomes, que desde criança sempre fora tão arredio e tão anti-social que as outras crianças só pela frente o chamavam de bicho-do-mato, pelas costas diziam-no selvagem.

Capítulo 50

Em que uma cidade sem nome finalmente entra no mapa

Pode-se dizer que era pacata a rotina da aldeia, que um dia era igual ao outro e o seguinte, ou, para traduzir de forma elegantemente matemática, que n era igual a n+1, sendo n um dia qualquer e n+1, portanto, o dia seguinte a esse dia qualquer, até o fim dos dias. Pois foi justamente o fim dos dias que creu ver Carlos José, quando caminhava no mato para caçar um porco, ou uma capivara, ou preá que fosse, e percebeu que havia um grupo de soldados igual ao grupo de soldados que no ano passado levara o professor Deodato e violentara Efigênia, e entre a dura decisão de correr dali o mais rápido que pudesse e a tão dura quanto a outra decisão de levantar sua espingarda e reagir à violência com apenas um ano de atraso, imóvel acabou ficando Carlos José.

Indecisão, porém, não era uma característica do soldado Álvaro Almeida, que, ao retornar de um passeio mato adentro, para aliviar-se de necessidades fisiológicas, e ver um sujeito espiando o grupo de seus companheiros armado com uma espingarda, não pensou duas vezes, ou melhor, não pensou nem uma, sacou do revólver e atirou, ato esse que decretou o fim dos dias de Carlos José.

E foi esse tiro que deu início ao que depois ficou conhecido como o massacre de Trás-dos-Morros, que foi como se convencionou chamar aquele lugar que até então nome não tinha, sendo curioso notar que nome só passou a ter no momento em que já mais nada havia, um nome póstumo, um nome que não serve para identificar, porque o objeto já não está lá, nem para chamar, porque morto não escuta.

Capítulo 51

Em que se pesquisam notícias sobre um massacre

Dizem os poucos relatos escritos que a turma de soldados já entrou na aldeota atirando, derrubando barracos, abusando de mulheres, batendo em velhos, pondo fogo em plantas, e que um sujeito em especial gritava não quero ver pedra sobre pedra, o que era obviamente figura de retórica, pois que pedra já não havia muita, talvez mais correto seria ter ele gritado não quero ver pau sobre pau, ou, em se tratando de gente, não quero ver osso sobre osso, que foi mais ou menos o que aconteceu.

A cronologia dos eventos talvez nunca fique a contento esclarecida, mas há entre as várias versões algumas versões que se estabeleceram como mais verdadeiras que outras versões, e de todas elas alguns pontos em comum, que talvez valha a pena ressaltar, como por exemplo que depois de terem matado Carlos José, ainda fora da aldeia, decidiu o capitão Adamastor que o ataque deveria ser imediato, para que tempo não houvesse de outros amigos do suspeito se agruparem e oferecerem resistência. Que então teria sido em círculo, ou quadrado, ou losango, qual uma minilegião romana, que os soldados do grupo especial tornaram especial aquela tão pacata aldeia. Que em meio aos tiros, que eram primeiro apenas tiros de advertência, houve inúmeras argüições sobre quem era aquela mulata que houvera estado com o meliante Deodato Amâncio e sobre o que ocorrera depois que o meliante Deodato Amâncio foi levado da cidade. Que em algumas poucas horas já sabiam Adamastor e José Agripino Maia das juras de vingança de Efigênia e, mais importante, do desaparecimento do menino mais velho de seu Inácio Gomes. Que foi então que descobriu Manoelzinho que seu companheiro Carlos José estava morto e, sem a mão da prudência de Odara para pará-lo, disparou a disparar sua espingarda nos soldados, no que foi seguido por outros homens da aldeia, tendo sido então morto um dos soldados, provavelmente Pelé, que foi o único encontrado morto por bala de calibre 22. Que isso provocou um acesso de raiva no capitão

Adamastor, que então sim teria gritado aquilo que vai dito no começo deste capítulo, que não queria ver pedra sobre pedra, ordem essa que se cumpriu com extrema facilidade, não só porque, como já foi explicado, havia poucas pedras sobre pedras, mas porque se podia notar nas expressões dos soldados que eles faziam aquilo com gosto e, como dizem os mais modernos manuais de gestão de empresas, são mais eficientes os trabalhadores que põem sua alma no trabalho, que almas, se não as há, se as criam, para criar com elas missões às quais se destinam.

E foi mais ou menos assim, se acreditarmos no que tem em comum a maioria das versões sobre o episódio, que 48 almas foram enviadas a novos destinos naquela tarde, destinos esses que não saberemos jamais quais fossem, pois que sobre eles não há versão nenhuma.

Capítulo 52

Em que se levanta Joaninha, mas não para fazer pluffft-pluffft

Pingada, disse Joaninha, levantando o bracinho no meio da sala e apontando com o dedo para a janela. O quê?, disse dona Josefa, e a resposta era apenas a mesma palavra, repetida em tom cada vez mais urgente, pingada, pingada, pingada, ao que dona Josefa virou-se, mas não viu nada, não tem nada ali, filha, o que é que você tem?, sendo que essa pergunta não precisou de resposta, que nesse momento arrombava a porta um soldado, com aquilo que Joaninha imaginou que fosse uma espingarda, mas que era na verdade uma submetralhadora Uzi, e em poucos segundos estava tomada a sala de soldados, uns dez ou doze, a perguntar por Adalberto Gomes, e dar safanões e empurrões e quebrar tudo o que juntado havia sido durante tantos anos, não que fosse muito, que muito não junta quem tão pouco tem, mas que fosse tudo, que o tudo pode ser algo assim tão parco que quem olha de relance pode achar que seja nada. E não foi senão quando José Agripino Maia levantou Joaninha, não para fazer pluffft-pluffft, como fazia Adalberto Gomes, mas para atirá-la para longe na direção da parede e fazer talvez plaffft-plaffft, que dona Josefa finalmente admitiu que sabia quem era Adalberto Gomes, que ele havia fugido com sua filha Maria Fonseca, mas que nunca mais tinha recebido notícia, nem dele nem dela, e que os pais dele moravam ali na casa um pouco mais para cima.

Se foi morta dona Josefa ali naquela hora ou se pereceu mais tarde, num dos tiroteios que se seguiram, é fato que jamais poderemos saber, mas que ela já não priva mais da companhia dos vivos lá isso sabemos, pela razão de agora encontrarmos Joaninha num orfanato de Trajano, uma pena, uma menina tão graciosa e tão esperta assim privada dos pais em idade tão pequena.

Capítulo 53

Em que seu Inácio Gomes mata e morre, enquanto dona Idalina foge

Alguns poucos minutos depois da invasão da casa de dona Josefa, entravam Almeida e Esperidião na casa um pouco acima, sem fazer barulho nenhum, no intuito de de surpresa arrestar o senhor pai do moleque Adalberto Gomes, a essa altura principalíssimo suspeito dos ataques contra o grupo especial. Dir-se-ia que do mesmo modo que entraram, sem fazer barulho nenhum, teriam saído Almeida e Esperidião, mas o fato é que assim não foi, não porque barulho tenham feito, que isso não há como saber, mas porque jamais saíram. Supõe-se que tenha sido Álvaro Almeida degolado por golpe de foice assim que entrou no quarto onde deveria estar dormindo seu Inácio, não tivesse ele meia hora antes acordado com um grito vindo da casa ali de baixo, Idalina, que grito foi esse?, vá já se esconder no mato, e logo após ter sido morto Álvaro Almeida tenha Esperidião Gonçalves se engajado em luta corporal com seu Inácio, luta muito rápida, aliás, donde se poderia concluir que tamanho não é documento, uma vez que Esperidião tinha algo como 25 centímetros a mais de altura que seu agressor, e de largura tamanho maior na mesma proporção, porém o que se viu é que tamanho foi sim documento, que por seu tamanho é que foi dois dias depois reconhecido o corpo de Esperidião. E foi só quando cansou de esperar por seus soldados que o capitão Adamastor decidiu tomar as precauções que deveria ter tomado desde o princípio, assim que quando entraram atirando em todas as direções e em todas as alturas acertaram e feriram de morte seu Inácio, que antes de morrer só teve tempo de voar em cima de mais um soldado, o Correia, e dar-lhe uma facada na altura da barriga, na direção do coração, rasgando-o de baixo para cima e morrendo com a mão direita em suas tripas.

Capítulo -7

Em que Adalberto Gomes sonha com o futuro

Não é nada fácil adivinhar o que sonha uma pessoa, sendo o sonho uma impressão que apenas raras vezes se torna expressão, e mesmo nessas vezes a expressão se expressa numa hora em que ninguém repara, ou porque ninguém a vê ou por estar cada um preocupado com seus sonhos próprios. Há, é claro, os casos em que a pessoa mesma trata de dizer a todos o que são seus sonhos, mas mesmo nessas horas difícil fica crer nelas, uma vez que os sonhos até para elas mesmas são enigmáticos, até porque mesmo quando os entendem os sonhos são no mais das vezes incomunicáveis e até porque muitos sonhos são entre si contraditórios, dizendo as pessoas que querem umas coisas e no entanto agindo como se atrás de outras estivessem.

Neste caso de Adalberto Gomes, porém, creio que se possa sim dizer algo sobre sonhos, não porque tenha tagarelado para dona Idalina ou para Maria Fonseca, que são no mundo as pessoas que mais ouviram a voz de Adalberto Gomes, em geral tão calado, mas sim porque se podem notar mudanças no comportamento do rapaz, quais sejam, que ele olha o nada com expressão pensativa, que ele sorri com mais freqüência, que ele até faz perguntas, sendo as suas perguntas perguntas que obedecem a um certo padrão, e todas essas coisas indicam, veja bem, eu disse indicam, não disse que sejam, mas indicar já é bastante para alguém tão fechado, pois bem, todas essas mudanças perceptíveis em Adalberto Gomes indicam que ele esteja agora sonhando, e mais que sonhando apenas, sonhando com algo, que pode ser outra vida, mas bem pode ser essa mesma vida, apenas modificada.

E aqui podemos talvez arriscar o teor desses sonhos, pelo tanto que perguntou Adalberto Gomes a Deodato Amâncio e pelo tanto que respondeu a Maria Fonseca. E o teor seria esse, que Adalberto Gomes quer construir coisas, uma casa, um barco, um avião, quer ter filhos e quer ter histórias para contar aos filhos, quer conhe-

cer o mundo e entender o mundo, quer mostrar o mundo para Maria Fonseca, quer mudar o mundo para Maria Fonseca.

Capítulo 54

Em que Adalberto Gomes sonha com o passado

É com uma certa raiva do professor Deodato Amâncio que Adalberto Gomes sonha com o tempo em que via Maria Fonseca no cairzinho da tarde e olhava para o mundo inteiro como se estivesse ao alcance da mão, que naquela época o mundo inteiro era pequeno a ponto de caber em dois dias de caminhada, desde o lugar em que entregava a madeira, passando pela aldeia onde podia comprar farinha para dona Idalina, até a curva do riacho em que podia se banhar, até sua casa, e um pouquinho mais, a casa de Maria Fonseca. E foi o professor Deodato quem lhe deu essas idéias de aumentar o mundo, num dia em que passava pela aldeia e viu aquela garotada ouvindo atenta as histórias do professor e quis também, pela primeira vez na vida, fazer parte de uma turma, e foi o professor quem lhe botou essa ambição na cabeça, de querer ser mais, ter mais, ver mais, ler mais, crer menos.

E se agora pudesse voltar no tempo passaria direto Adalberto pela casa de Deodato e nunca saberia de Deodato, que ao contrário do que dizem os vendedores de conhecimento alguns conhecimentos é melhor não tê-los, mas agora que os tem não consegue Adalberto jogá-los fora, sendo o único jeito de livrar-se de um conhecimento o adquirir-se outro, que os conhecimentos não apenas se somam, mas também se subtraem uns dos outros, ou se apagam, se englobam, se redirecionam, se confundem, até mesmo brigam, nessas brigas ficando às vezes dizimado seu campo de batalha, ou seja, nós.

E sonha Adalberto Gomes com sua vida pregressa, e decide voltar para sua terra e sua gente, para encontrar sua mãe dona Idalina, seu pai seu Inácio, seu machado de cortar madeira, quem sabe até encontrar Maria Fonseca e, com um pouco mais de sorte, encontrar-se a si próprio, ou pelo menos sua alma, que almas, se não as há, se as criam, tendo por molde a melhor imagem que consigamos fazer de nós mesmos.

Capítulo -6

Em que ouve o doutor Campos Macedo mais uma história sobre alguém que poderia ser o engenheiro Deodato

Havia muito tempo que não entrava nenhuma pessoa estranha na fazenda, nos últimos três ou quatro anos as visitas foram escasseando, muito provavelmente devido ao estado de saúde do viúvo, especialmente a saúde mental, que o velho andava, além de esquecido, irritadiço e monocórdio. Assim que, embora não tenha chegado a haver crise financeira, porque os negócios iam bem conduzidos por capazes capatazes, havia uma espécie de clima fantasmagórico no lugar. Mas, se estou contando isso tudo, é claro que é para dizer que chegou alguém à fazenda, um sujeito mais ou menos novo, mais ou menos velho, mais ou menos pobre, mais ou menos rico, mais ou menos amigo, mais ou menos empregado, que pede para falar com o doutor Campos Macedo a respeito de uma recompensa.

Esquecido, fraco, irritadiço, sim, mas bobo o doutor Campos Macedo não chegou a ficar, não, ainda mais que muito acostumado estava em tratar com gente que dizia ter as informações de que ele precisava, especialmente nos primeiros anos, quando fez correr o estado inteiro, depois boa parte do país, a oferta de uma pequena fortuna para quem lhe desse notícia do homem de quem queria extrair vingança. Mas o tempo passa, e com ele passava o doutor Campos Macedo, sem que lhe passasse a agora única meta de sua vida, rever o homem que o fizera desgraçar sua vida, e assim que foi muito desconfiado que, tendo já se passado muitos anos, ouvia agora o doutor Campos Macedo aquele relato sobre um sujeito com mais ou menos a descrição física compatível, com um passado mais ou menos condizente com fuga, que vinha realizando numa pequena aldeota um trabalho mais ou menos condizente com a formação que teria o alvo do doutor Campos Macedo. A desconfiança só desapareceu quando viu o doutor Campos Macedo uma fotografia, tirada de longe, é verdade, mas aquele sujeito no canto direito, liderando a comitiva que foi conversar com o prefeito da minúscula cidadezinha de Trajano, bem poderia ser Deodato Amâncio, sim.

Capítulo -5

Em que o capitão Adamastor recebe um chamado pri-o-ri-tário

Se alguma coisa deve saber um homem que pertença à hierarquia, mais que investigar, confrontar, vigiar, cercar, planejar o ataque, ou mesmo executar, essa coisa é obedecer, que só quem obedece pode um dia mandar, sendo talvez esta a principal razão para se obedecer, o desejo de também mandar, e disso pelo menos não se pode acusar o capitão Adamastor, que assim como exige obediência irrestrita de seus comandados sabe também prestar reverência a quem reverência é devida. E é por isso que, mesmo tendo tanto tempo passado, mesmo tendo a época mudado a ponto de muita gente acreditar que certas hierarquias enterradas estavam, sabe o capitão reconhecer de imediato aquela voz ao telefone, uma voz que ainda evoca poder, e um jeito todo particular de resolver problemas, jeito esse que se coaduna perfeitamente com o seu jeito, modéstia à parte, pode ficar tranqüilo, doutor Campos Macedo, não existe ninguém melhor do que eu para realizar essa missão.

Apenas dois dias depois parte um grupo de soldados para, de acordo com a ata de atividade do quartel, um treinamento especial no interior, em local não definido, com uma planejada ausência de três dias.

Capítulo 55

Em que Efigênia volta para casa

Uóxington bem que tentou impedir o coronel Epifânio Torres de entrar no Quarto Azul, desculpe coronel, tenho ordens superiores de não deixar ninguém entrar, mas superioridade é expressão que só faz sentido quando se trata com inferiores, e isso poderia ter ficado claro com apenas duas ou três palavras, mas não estava o coronel Torres com muita vontade de gastar palavrório, assim que chamou dois soldados para remover o soldado Uóxington daquela sentinela ilegalmente estabelecida, e entrou no recinto que alguns anos atrás vários nomes tivera, confessionário, sala de tratamento, açougue, ou mesmo ante-sala do paraíso, numa época em que o que sofreu Efigênia às escondidas era feito quase totalmente às claras naquele quartel.

Assim que, quando entrou no Quarto Azul, foi como se tivesse voltado no tempo o coronel Torres, mas não, ainda bem, aquele tempo não voltou, é só que alguns espécimes daquele tempo sobreviveram, Adamastor sendo um dos mais longevos. E é curioso observar também que um pouco de conforto possa trazer tantos resultados investigativos quanto muito de métodos inquisitoriais, pois que Efigênia, que ao grupo especial do capitão Adamastor com tanto zelo guardou o nome de Deodato Amâncio, ao coronel Torres tudo disse, tudo contou, tudo chorou, inclusive sua jura de vingança, seu ordálio, sua captura e seu desconsolo.

Poucas horas depois de encontrada, já estava Efigênia em razoáveis condições para seguir viagem, e foi novamente na companhia de um batalhão de soldados que ela se viu, mas desta vez escoltada, em vez de escorraçada. Pelos cálculos do coronel Torres, ia o grupo de Adamastor apenas umas 12 horas na dianteira, portanto com apenas um pouco de sorte seria possível evitar o desastre que ele adivinhava que estaria sendo preparado, e finalmente consumar uma vingança contra um inimigo de quase duas décadas.

Capítulo -4

Em que Efigênia fica sem casa

Não criei filha para ser vagabunda, foram as penúltimas palavras que ouviu Efigênia de seu pai, logo depois de um tapa na cara que a deixou no chão, e do chão foi que viu uma trouxa, que adivinhou estivesse cheia com suas roupas, e a porta aberta que era a serventia da casa, casa que ficaria vazia e malcuidada a partir de agora, já que era Efigênia quem da casa cuidava e quem a casa enchia, enquanto o pai fora estava, a maior parte do tempo no boteco de seu Clementino.

E talvez seja então verdade que os bêbados são capazes de enxergar fatos muito além dos que apreendem os sentidos, e por isso tenha o senhor pai de Efigênia sabido sem que ninguém lhe tivesse contado que Efigênia estivesse se engraçando com esse sujeitinho empertigado que veio da Cidade Grande. Ou talvez seja então verdade que os beijos, quando bem dados, fazem com que os beijadores emitam inequívocos sinais de felicidade, felicidade essa que permite a todos os que se aproximam, e mesmo a alguns não tão próximos, ver através da sua alma, que almas, se não as há, se as criam, sendo elas tanto mais consistentes quanto mais transparentes forem. Ou talvez seja apenas verdade que numa aldeota tão pequena não se podem dar dois passos sem que saibam todos que passos foram dados, a tal ponto sendo a comunicação eficiente que se comuniquem por vezes alguns fatos antes mesmo que eles aconteçam, e assim podemos então supor que algum dos amigos do pai de Efigênia o tenha cumprimentado em tom de chiste pelo genro que estaria por ganhar.

Porém, qualquer que tenha sido o meio pelo qual ficou sabendo o pai de Efigênia que Efigênia estava engajada em romance, muito mal lhe fez a informação, o que é curioso, já que vinha andando Efigênia por esses últimos dias bem mais contente que o usual, mas isso se explica porque nem todo o mundo fica contente com a contenteza dos outros, o caso sendo muita vez justamente o oposto, que muita gente se fira com as farpas que lança a contenteza dos outros.

Podem-se imaginar para esse caso particular alguns motivos, entre eles o choque entre uma moral rígida em que às mulheres não cabe escolher, e sim ser escolhidas, e uma pulsão de vida, que se move na cadência fluida e rápida dos desejos. Ou um motivo de um velho dependente com medo de perder seu último tesouro, sendo esse tesouro daquele tipo que só se sabe que é valioso quando se o perde. Ou ainda um motivo como o ciúme puro e simples, sendo Efigênia a esta altura da vida tão parecida com a mãe de Efigênia na época em que Efigênia ainda não existia. Em que grau cada um desses e de outros motivos motivaram a descontenteza do pai de Efigênia talvez jamais saibamos, e isso provavelmente não importe tanto quanto o fato de que Efigênia está, agora, se levantando do chão, ouvindo as últimas palavras de seu pai, que são nunca mais volte aqui, sua puta, agarrando sua trouxa, enxugando duas lágrimas e saindo de casa com o sentimento de culpa, como se algo de errado tivesse feito, culpa sendo definida às vezes como o efeito de um mal feito, mas sendo tantas vezes justamente aquilo que nos faz achar que um feito seja mau, mesmo tendo sido ele tão belo e bom.

Capítulo -3

Em que Efigênia anda pela cidade, arrasada

É muito natural que uma pessoa, tendo vivido todos os seus 7.102 dias de existência num mesmo lugarejo, conheça todas as ruelas, todas as casas, todas as árvores, quase que se poderia dizer todas as pedrinhas no chão daquele lugarejo, mas quem olhasse para Efigênia neste momento teria a nítida impressão de que aquela era uma moça recém-chegada à cidadela, ao mesmo tempo perdida e com vergonha de perguntar qual o caminho certo para chegar onde queria ir. E esta nítida impressão estaria correta, tanto quanto uma impressão possa estar correta, que impressões são sempre imprecisas, mesmo as nítidas, sendo a imprecisão, neste caso, que Efigênia estava sim com vergonha, mas não de perguntar o caminho certo, até porque a essa altura ficara sabendo que o caminho que seu coração lhe apontava como certo muito bem poderia ser um caminho de perdição, especialmente se se considerasse o alvitre do senhor seu pai. Tampouco sabia Efigênia onde queria ir, já que antes de mais nada não quisera sair, mas fora saída. E, finalmente, dava a impressão de perdida, porque ia e vinha pelas mesmas ruelas, sem decidir-se, mas a real preocupação de Efigênia era saber se estava perdida sua alma, que almas, se não as há, se as criam, e se se as criam, é justamente para perdê-las, de preferência dentro de outras almas, para que estas também, na melhor das hipóteses, se percam em nossas almas, mas nem sempre sabem as pessoas que só almas perdidas é que podem ser achadas, exasperando-se então, contraditoriamente, justo quando suas almas se impelem para cumprir o destino para o qual foram criadas.

Capítulo 56

Em que Efigênia anda pela cidade arrasada

É muito natural que uma pessoa, retornando depois de algum tempo ao lugar em que nasceu e que lhe imprimiu as mais importantes referências de sua vida, sinta algo de estranheza, seja porque viveu outras experiências e pode agora relacionar o que era seu tudo com um tudo maior, que todo absoluto tem essa particularidade de crescer, diminuir e transformar-se, ou seja apenas porque o tempo passou e a memória, que diariamente nos reconstrói a nós mesmos e ao mundo, recusa-se a admitir que tenha manipulado primeiro adjetivos, e em seguida objetos e sujeitos, que não se encontram lá onde deveriam ter sempre estado.

Neste caso de agora, porém, devemos justificar a estranheza de Efigênia menos como um

*fator psicológico natural a um tipo de experiên-
cia humana e mais como uma efetiva mudança
da realidade, que aquela casa de Odara, por
exemplo, eu tinha certeza absoluta que fosse
branca, com teto de palha, não queimada e sem
teto, e logo ali eu juro que tinha o bar do seu
Clementino e a venda da dona Augusta, e mesmo as pessoas eram em maior número e não se
escondiam da gente, mesmo se vissem a gente
acompanhada de soldados.*

*E foi por isso que demorou Efigênia a reco-
nhecer a sua aldeia, talvez porque estivesse muito diferente, talvez porque não quisesse Efigênia
aceitar esse tipo de diferença, que parece muito
com morte. Mas o coronel Torres, homem prático
e habituado a situações como essa, soube rapi-
damente informar-se sobre onde estavam os soldados responsáveis por aquelas mudanças na
face da aldeia e nas faces das pessoas, e assim
que quando Efigênia aceitou que estava ali mesmo onde estava, e não em outro lugar, e quando
percebeu que Odara é que não mais estava ali,
nem seu pai, nem Manoelzinho, nem Carlos José,
nem José José, nem Cosme, nem quase ninguém,
já o coronel a pegava pelo braço e a guiava num
caminho que, se ela bem lembrava, dava na casa
do seu Inácio Gomes.*

Capítulo 57

Em que o interrogador é interrogado

Foi um tiroteio curto, uma vez que estavam já cansados os homens de Adamastor, e a visão de outros soldados lhes deu a certeza de que dali não escapariam com a impunidade a que estavam acostumados, e ainda mais certeza que eles teve o próprio Adamastor, que quando percebeu que o comandante a quem se teria de entregar era o coronel Torres, e quando viu a mulata que havia deixado no quartel ali de pé na sua frente, compreendeu de imediato que o revés tinha sido maior do que seus comandados supunham.

É este o homem que te torturou?, perguntou o coronel Torres a Efigênia, já sabendo, é claro, a resposta, que algumas perguntas nós só fazemos quando temos absoluta certeza de qual será a resposta, e não decepcionou seu salvador Efigênia, é ele, sim, disse, e por quê?, perguntou Torres dessa vez a Adamastor, mas esfregando-lhe a mão na cara e arremessando o joelho em seu estômago, sem lhe dar sequer tempo de responder, que algumas perguntas nós só fazemos quando já não estamos interessados na resposta, e foi assim, entre perguntas com e sem respostas, que se encerrou a brilhante carreira do capitão Adamastor e de seu braço direito, José Agripino Maia, e de todo o grupo especial, mas não vai aí nenhuma surpresa, que é desse mesmo jeito, com algumas perguntas respondidas e muitas perguntas não respondidas, que acabam todas as carreiras e mesmo vidas, todas no fundo especiais.

Capítulo 58

Em que se visita um fantasma

Se ainda tinha o capitão Adamastor um senso de lealdade que o fazia calar, mesmo em se considerando o tanto de cálculo que existia por trás dessa lealdade, pois que ainda esperava que seu protetor tivesse poder suficiente para livrá-lo, pois bem, se ainda tinha esse senso de lealdade o capitão Adamastor, o mesmo não se poderia dizer de José Agripino Maia, que embora lealíssimo ao seu capitão, não o era tanto a quem seu capitão prestava serviços, talvez porque não compreendesse a fonte dessa outra lealdade e, não entendendo quão cruciais fossem as informações que dava, dava-as como se triviais fossem, que está aí mais um paradoxo do conhecimento, esse de que sua transmissão muita vez se dê do menos para o mais, ou seja, quem menos tenha conhecimento é que forneça a quem mais o tem, chegando ao ponto em que

*alguma pessoa possa fornecer a outras o enten-
dimento de que ela própria carece.*

*Foi portanto da boca de Agripino Maia que
saíram os pedaços de informação que, unidos,
permitiram ao coronel Torres desvendar onde é
que poderia estar um engenheiro seqüestrado,
ou seu corpo, e é por isso que agora, três dias
depois do massacre de Trás-dos-Morros, depois
de ter socorrido feridos, providenciado a identi-
ficação e o enterro dos mortos, levado os prisio-
neiros, feito seus relatórios e mesmo dado
entrevista sobre o caso, é que o coronel Torres
leva Efigênia para o outro lado do estado, para
uma grande fazenda, onde agora os vemos, os
dois e mais um pequeno grupo de soldados, pedindo para interrogar o senhor doutor Campos
Macedo.*

Capítulo -2

Em que Efigênia é levada até Deodato

Passou Efigênia pela casa de Odara, mas ali não parou, e passou pela casa de Rute, mas tampouco ali parou, nem conversou com umas poucas mulheres que lhe perguntaram o que se havia passado, apenas ia de cabeça baixa Efigênia, e pensou em caminhar o dia inteiro até chegar à igreja, para buscar consolo e orientação, e começou mesmo a se orientar naquela direção, mas, dados uns poucos passos, quando seu corpo entrava em torpor, orientou-a sua alma em outra senda, que almas, se não as há, se as criam, em geral tendo nós que as levar, mas muita vez levando elas a nós, especialmente quando não estamos prestando atenção, ocorrendo então essa inversão e essa perversão, que, se almas são feitas para que nelas imprimamos nossas experiências e nossos entendimentos, é aos corpos que devemos dar as rédeas da relação, pois que são corpos que experimentam e entendem. Não era esse, no entanto, o caso do corpo de Efigênia, que não entendia ainda o que não havia experimentado, e talvez seja essa a explicação para o fato de que foi sua alma que a levou até a casa de Deodato Amâncio, que almas, se não as há, se as criam, talvez não para experimentar e entender, mas para ansiar e desejar, sendo experiência e entendimento apenas conseqüências dessas inconseqüentes forças.

Capítulo α

Em que se conta o preâmbulo de uma história que não se vai contar

Foi ainda desolado com o desaparecimento de Maria Fonseca que Adalberto Gomes viajou durante três dias de volta para sua aldeia, onde planejava encontrar seu pai e sua mãe, descansar, recompor as idéias e quem sabe ter notícias do paradeiro de Maria, mas a vista do lar, em vez de arrefecer seu desconsolo, transformou-o em desespero. Também não foi reconfortante, muito ao contrário, o encontro com sua mãe, dona Idalina, que refugiada estava na igreja de Trajano, e que ao vê-lo não muito tempo gastou em afagos, acusando-o de pronto não só por sua desgraça, mas também pela dela e de toda a cidade, que foram suas ações destemperadas que provocaram uma reação catastrófica.

É portanto esse garoto abandonado e desesperado que vamos também nós abandonar, apenas intuindo que seu destino seja o de tornar-se em pouco tempo um homem feito, dedicado agora por ofício a uma atividade que aprendeu por instinto, atividade que consiste basicamente em deixar inativas outras pessoas, e a única notícia que ainda temos dele, nós que não mais acompanhamos sua história, é sua dupla fama de ter uma voz grossa e assustadora e de não ter alma, que almas, se não as há, se as criam, nem que seja apenas para dizer que há nesse mundo gente desalmada.

Capítulo 385, ou Ω

Em que se avança vários anos na história e se conta como um homem de voz grossa perdeu a voz

É plausível supor que uma pessoa, ainda que depois de muitos e muitos anos, possa reconhecer a voz de alguém que lhe foi importante na vida, mesmo se essa voz se tiver transformado, de instável para segura, de esganiçada para tenebrosa, que era assim agora a voz de Adalberto Gomes, não mais a voz de adolescente, mas uma voz que combinava com um homem que tinha já mais de 20 assassinatos nas costas. Assim que, quando entrou na lanchonete e deu bom-dia, foi esse bom-dia que fez Maria Fonseca levantar a cabeça das xícaras que arrumava, preparada que estava para atender seu primeiro freguês do dia, mas jamais para ver assim tão de perto o rapaz de quem se afastara por adivinhar que ele se tornaria justamente aquilo que se tornou, tendo esse afastamento contribuído para que ele naquilo se transformasse, que muita profecia tem esse dom de se realizar quando as pessoas nelas acreditam e de acordo com elas agem.

E foi então que Adalberto Gomes perdeu sua voz, ao ver ali na sua frente o destino que construíra e destruíra, a vida que tivera e perdera, a mulher que atraíra e repelira e agora buscava como se fosse a única coisa capaz de lhe aquietar a alma, que almas, se não as há, se as criam, mas em vez de deixá-las ir, fica-se tentando prendê-las e torná-las comportadas. E passou-se um tempo que não é possível medir quanto tivesse sido, pois que movimento não houve entre Maria Fonseca detrás do balcão e Adalberto Gomes à frente do balcão, até que finalmente disse Adalberto Gomes vim te buscar, e respondeu Maria Fonseca o quê?, e disse Adalberto Gomes vamos para casa, e respondeu Maria Fonseca que aquele lugar não existia mais, que ele não existia mais e que mesmo ela era agora outra pessoa, e foi quando entrou na lanchonete o menino Jesus e disse mãe, e Adalberto Gomes perguntou quem é?, e Maria Fonseca respondeu teu filho, e Adalberto Gomes ficou parado, surpreso, estático, estupefato, abobado, catatônico, tonto, emudecido, inerte, paralisado, estatelado, congelado, estúpido, e o menino perguntou quem é, mãe?, e Maria Fonseca respondeu ninguém, e foi essa definição de si mesmo que Adalberto Gomes não pôde suportar, que ele podia não ser nada, mas ninguém não era, especialmente não ninguém para Maria Fonseca, ainda mais agora que sabia que tinha um filho com Maria Fonseca, e pulou o balcão e agarrou seu braço e puxou-a até seu filho e disse ninguém não, eu sou teu pai, vem cá moleque, e Jesus disse pai?!, se afasta de mim, no que recebeu um safanão justamente no instante em que entrava no salão Araújo, e mais dois de seus quatro filhos, Gertrudes e José, e viu um homem estranho tentando agarrar à força sua mulher e disse larga ela, que era tudo o que queria ouvir nesse momento Adalberto Gomes, alguém que lhe desafiasse para poder à vontade soltar a sua raiva, que era também seu instrumento de trabalho.

Então respondeu Adalberto Gomes tem homem aqui para me fazer largar minha mulher?, e disse Araújo tem, e disse Maria Fonseca não, Araújo, deixa que eu resolvo, e disse para Adalberto me solta, seu monstro, o que era já um avanço para Adalberto Gomes, de ninguém a monstro, mas mesmo assim não soltou, ao contrário, aprochegou-a mais, e aqui talvez devamos interromper a ação para dar uma idéia de quão díspares eram as figuras, um menino assustado com o safanão que levara, duas crianças escondidas atrás de uma mesa, um senhor já meio calvo e com um estômago saliente, uma mulher que era na verdade duas, sendo uma uma mulher feita, aos olhos de qualquer um que entrasse, outra a menina que sempre seria aos olhos de Adalberto Gomes, e finalmente Adalberto Gomes, homem grande, forte e bruto, procurado pela polícia por homicídio, um homem irascível e melancólico, um homem em busca do passado que jogara fora. E esse homem, que buscava o amor que perdera, agora o encontrava transformado em medo, e quanto mais força fazia para reter seu amor, mais em medo ele se tornava, até que soltou o braço de Maria Fonseca, porque já estava ali na sua frente Araújo, quase um velho, pensou Adalberto Gomes, mas quando levantava sua mão para atingi-lo sentiu uma garrafa se quebrando em sua cara, e caiu, para tomar um chute e outro e outro, só se levantando Araújo uma hora e meia depois, com a ajuda de dois policiais que o levaram preso.

Capítulo 59

Em que ainda não se encontram Deodato Amâncio e Efigênia

Os senhores queriam o quê?, pergunta o capataz da fazenda ao coronel Torres, que vem acompanhado de Efigênia, que teria a incumbência de reconhecer o possível seqüestrado, e mais meia dúzia de soldados, e o coronel Torres responde que tem mandado de busca e suspeita de atividades muito ilícitas do doutor, mas fica sabendo que essas atividades, se existiram, escaparam ao julgamento dos homens, que o doutor Campos Macedo pereceu faz mais de ano, restando portanto apenas a possibilidade de julgamento de sua alma lá no além, que almas, se não as há, se as criam, para que possamos nos convencer de que não ficarão eternamente impunes os que viveram sempre impunes.

Morreu como?, pergunta o coronel Torres, e fica sabendo então, depois de tortuoso interrogatório, que o doutor Campos Macedo vivia já havia muitos anos em estado débil, recluso, até mesmo delirante, tendo apenas desenvolvido uma obsessão que era encontrar o homem que o fizera perder seu tesouro, e tendo mesmo muitos homens passado pela fazenda ao longo dos anos trazendo outros homens que diziam ser aquele que o doutor buscava. E fica também sabendo o coronel Torres que finalmente não resistiu o doutor a um terceiro ataque do coração, por muita coincidência no exato instante em que chegava mais um homem que diziam ser o homem que desgraçara a vida do doutor, dessa vez trazido por dois soldados, mas, como morreu o doutor antes de proferir qualquer palavra, antes mesmo que se lhe pudesse interpretar alguma expressão, ficaram todos sem saber se era o homem buscado aquele homem que vinha trazido, embora chamar aquilo de homem fosse àquela altura um exagero, que vinha ele mais parecendo um farrapo, sem conseguir ficar de pé, escoriado e mesmo abobado. E fica finalmente sabendo o coronel Torres que esse homem, que ninguém sabia o que fazer com ele, ficou ali mesmo pela fazenda, em semicoma por alguns meses, depois acordado, mas não totalmente acordado, que quando se lhe perguntava quem era e o que fazia ele não sabia responder, e abramos aqui um parêntese para estranhar até mesmo que se possa fazer essa pergunta, que ser ou não ser não chega a ser uma opção, claro está que somos e não somos, pois que não existe ser sem ser algo, e é portanto o algo que dá a dimensão do ser, um ser interno que só existe a partir do que vem de fora, e fechemos agora o parêntese para voltar a Deodato Amâncio, que nesse momento não sabe que é Deodato Amâncio, mas está prestes a ser informado disso por uma mulata que chora e ri ao mesmo tempo e diz te amo.

Capítulo -1

Em que Efigênia abre uma porta e vê Deodato

Efigênia abre a porta da casa de Deodato e vê Deodato.

Capítulo 60

Em que Efigênia abre uma porta e vê Deodato

Efigênia abre a porta de um quarto da fazenda e vê Deodato.

Capítulo 0, ou ∞

Em que nada acontece

Não existe o tempo. Não existe fazenda, não existe aldeia, não existe mundo lá fora, não existe passado, futuro, nem presente, apenas um grande nada que é ao mesmo tempo tudo, o início e o fim, esse instante em que não há consciência do que se passou nem do que se passará, um instante infinito que é um eterno recomeço, em que se misturam todas as sensações, em que se vêem as lágrimas de Efigênia e o sorriso de Efigênia, e sim, note bem, também um esboço de sorriso na boca de Deodato Amâncio, um pouco antes da união dos corpos, e um desejo tão forte que não se dá conta de que existam soldados do lado de fora, à espreita, nesse momento de união das almas, o único momento que vale, que almas, se não as há, se as criam, não por algum motivo, apenas porque é impossível não criá-las, e sendo elas imortais, ainda que vivam tão-somente nesse fugidio instante, nada lhes importa mais do que chegar ao fim daquilo que melhor seria se não tivesse fim, vá lá entender de almas quem nunca nelas tiver crido.

CADASTRO DO LEITOR

- Vamos informar-lhe sobre nossos lançamentos e atividades
- Favor preencher todos os campos

Nome Completo (não abreviar):

Endereço para Correspondência:

Bairro: Cidade: UF: Cep:

Telefone: Celular: E-mail: Sexo: F ☐ M ☐

Escolaridade:

☐ Ensino Fundamental   ☐ Ensino Médio   ☐ Superior   ☐ Pós-Graduação

☐ MBA   ☐ Mestrado   ☐ Doutorado   ☐ Outros (especificar): _____

Obra: **Fábrica de Almas (em busca de Deodato Amâncio)**
   – David Alexandre Cohen

Classificação: **Romance**

Outras áreas de interesse: _____

Quantos livros compra por mês?: _____ por ano? _____

Profissão: _____

Cargo: _____

Como teve conhecimento do livro?

☐ Jornal / Revista. Qual? _____

☐ Indicação. Quem? _____

☐ Internet (especificar *site*): _____

☐ Mala-Direta: _____

☐ Visitando livraria. Qual? _____

☐ Outros (especificar): _____

$\mathcal{M}$.BOOKS

M. Books do Brasil Editora Ltda.

Av. Brigadeiro Faria Lima, 1993 - 5° andar - Cj 51
01452-001 - São Paulo - SP Telefones: (11) 3168-8242/(11) 3168-9420
Fax: (11) 3079-3147 - e-mail: vendas@mbooks.com.br

Enviar para os faxes: **(11) 3079-8067/(11) 3079-3147**

ou e-mail: **vendas@mbooks.com.br**

DOBRE AQUI E COLE

CARTA – RESPOSTA
NÃO É NECESSÁRIO SELAR

O selo será pago por
M. BOOKS DO BRASIL EDITORA LTDA

AC Itaim Bibi
04533-970 - São Paulo - SP

DOBRE AQUI

End.:
Rem.: